星球頑童

倪匡傳奇

沈西城 著

目錄

不是序

出版此書，旨在還原倪匡真我，有狂傲、有放蕩，有風流，有頑皮，有善良，有俠義，有執著、有原則，有氣節……晚年，老僧入定，大智大慧。

不良小弟西城

老頑童去世廿三日後早上撰於隨緣軒書齋中

（一）孤身南下　投奔香港

在優生學裏，講究精子和卵子的完美結合。兩者結合得好，就會製造出優良的下一代。納粹狂魔希特拉對此深信不疑，他執政德國時期，精心發展優生學，想為所有日耳曼民族培養出優良的後代，雄霸天下，有人譏他想昏了頭腦，不合實際，可在科學論調上，自有它可行之處，不一定達到百分之百的準確性。據知，優生學培養出來的嬰兒，平均智商都比普通嬰兒為高，這又是不爭的事實。因此，現代醫學家，科學家都不會反對優生學的存在，林彪鼓吹過的「天才論」，仍然大行其道。在中國，雖云破舊立新，傳統思想仍舊根深蒂固，甚麼優生學，懂得的不多，能生個優生嬰兒出來，只不過是嬰兒本身的運氣好，並非刻意製造。公元一九三五年新曆五月三十日中午十二時卅七分，春夏之交，原籍浙江鎮海的上海霞飛路一戶倪姓普通人家，這一天，女戶主王靜嫻誕下了一個肥肥胖胖的男嬰。由於男嬰長得十分精靈活潑，當家的純壯靈機一觸，為他起了一個別出心裁的名字——「聰」，字亦明，取「兼視則明，兼聞則聰」之立意。這個男嬰便是日後名震大江南北的科幻大師倪匡。倪聰並不是倪家唯一的兒子，對上有二兄、一姊，對下有二弟、一妹，七兄弟姊妹中，他排第四，是倪家的老四。

這位倪老四，十分頑皮，對甚麼事物都感到興趣，就是不大喜歡上學堂唸書，上學堂只是虛應故事。套句他常掛在嘴邊的說話，就是「給面子小老爸」，不想父親太傷心。學校裏老師講的書，倪聰都聽不大進去，左耳進，右耳出，很快忘得一乾二淨。可說倪聰對書無緣，那又不大對勁兒。倪聰好書，好的是雜書，甚麼《蜀山劍俠傳》、《江湖奇俠傳》、《水滸傳》，他都看得津津有味，啃得滾瓜爛熟，簡直廢寢忘餐。他常對我說：「小葉，小說上的文字，比課本裏的文字，要有趣

四歲時的倪匡，攝於上海顧家花園

與親人亦舒、倪亦平、倪亦靖合照

得多了！光靠課本，成不了作家。」言下之意，今之能成作家，全仗童年荒廢學業有功有以致之。嘿嘿，真給他氣壞！

好辛苦，好勉強，倪聰捱完了中學，立即立定志願——不再進學。不顧家人的反對，毅然加入中國人民解放軍，從軍去！為甚麼要參加解放軍？倪聰有兩個想法：一是可以離開循規蹈矩的學校生活；二則是可以打開自己的眼界。當然這其中還牽涉了他對軍隊生涯的嚮往和對國家的尊崇。那時候，在中國大陸生活的青年，無一不受到毛澤東思想的感染。一個大學圖書館的小職員，居然能指揮百萬雄師，將長期生活在水深火熱中的百姓，從腐敗的國民黨手上解救過來，又怎不令小小年紀的倪聰深深地佩服呢？

想要接近毛澤東思想，最好的辦法就是加入解放軍，親自去體驗。倪聰那時雖然年紀輕，立意卻老，天生性格，每有計劃，立刻實行，家人反對無效。加入解放軍後，倪聰獲派往內蒙駐守。在那裏，大漠風沙，吹醒了他，看到了不少他從來不曾想到過的事——黑暗與醜惡。「天下烏鴉一樣黑」，倪聰碎了心，思想迅速起了變化，開始後悔投身軍旅。起初，他還咬緊牙根忍受下去，只盼這只是一時之象，可當接觸到各種應運而來的運動，目睹不少地主、資產階級被鬥得死去活來，倪聰才恍然，所謂專政無非是專制的另一個幌子，跟倪聰原來的想像完全不同。於是他離開了解放軍。在五十年代，加入解放軍是一件難事，同樣要離開也不容易。軍旅不同學校，不能任意妄為，偏偏反叛的倪聰，生就一副天不怕地不怕的性格，那怕是龍鬚，看不順眼，也得去捋一捋，小倪聰每天坐下來思索籌謀，看看有甚麼法子可以脱離軍隊。

他動了不少念頭，包括向上呈報健康出現問題，家裏有大事發生等等。然而，聰明的倪聰想到的這些藉口，不要説上級吧，就連自己也過不了關，怕不但不獲批准，還會惹來疑竇，那時別説走不成，還得被思想教育哪！倪聰才不會那麼笨，苦思之下，想到了逃走，逃逃逃，逃回上海。五七年，倪聰雙親，早已移居香港，彷徨無依，只好投奔香港！好，且看倪聰如何逃吧！朋友偷了一匹蒙古瘦獸馬，倪匡騎上馬背，向北方走，到半夜，忽然下起雪，看不見天上北斗星，也分不出地下路途。幸好瘦馬識途，引著倪匡去到一條小村莊，休憩一會兒，再上馬背，一路跑到黑龍江省泰來火車站，一見有火車到就擠上去，擠上擠落，輾轉來到安徽安山，住了一段時間，賺到點人工後，想買船票轉到大連，錢不夠，只好買票到青島。其後「屈」船偷渡往上海。親戚看到一個逃兵都不敢收留。

「那時，我已下定決心要離開中國大陸，最近的一站我可以到的便是香港，於是便睡在火車站，從上海一站一站的南下，走了三個月路才來到廣東的甲子港……到了甲子港後，我乘搭一艘運送蔬菜的船先到澳門。在澳門，很奇怪，自然會有人來跟你接頭，通過一種半正式的方法，前去香港，明碼實價，講明到香港要多少錢……當時偷渡的市價，坐大輪船到香港要四百五十元，偷渡到香港要一百五十元。那時候我父母已經到了香港，我就寫信問父母，他們說最多能負擔一百五十元，就用偷渡的方式來了。我被塞進運菜的船，船上有暗艙的，二、三十人擠在那個很細小的空間內，到了公海沒有人巡邏，可以上甲板休息一下，大家聊聊天。我還記得船泊岸當天下著大雨，上岸的地點卻不是在郊區，而是九龍某地一條興盛的街道，當時雖是凌晨，那地方仍很熱鬧，後來我特地去過多處碼頭，卻完全認不出當日是在哪一個碼頭上岸了……帶我到香港的那個人跟我説，我不會講廣東話，獨自不要開口，一句話都不要講。他給了我一包黑貓牌香煙，告訴我有人跟我講話的時候，就拿出香煙來假裝抽煙，別人看到我抽黑貓牌香煙，就不會懷疑了。然後他問我的家在哪裏？我告訴他是在北角模範邨，他就把我送過去……當時雨勢大得很，我跟那人還一起躲在樓底下避雨，雨小一點才冒雨去了我的父母家。媽媽開門看到我，嚇了一大跳。」

十七八歲的倪聰，又經歷了再次叛變。叛變了學校，叛變了軍隊，為的都是爭取個人的自由，他深深地服膺美國政治家柏德烈・亨利說過的一句話：「不自由，毋寧死。」有了自由，他立刻有無窮的鬥志和毅力。僥倖地，兩次叛變，倪聰都成功了，幸運之神一直眷顧著他，讓他走着平坦、順利的人生路。五十年代的香港，人口不多，大抵只有一、二百萬，生活水準不高，競爭也不大。

倪聰在北角父母的家安頓了下來，孑然一身，沒有感到孤獨和彷徨，他信心滿滿地能在香港找到工作。即使找不到工作又如何？這時候的倪聰，已立定主意，寧願餓死香港，也不會走回頭路——重履故土。他每天看報，蕩馬路，留意燈柱、街壁上的聘人小廣告。一天、兩天、三天……機會總會為有心人獵得。

（二）初到貴境　淪爲苦工

有一天倪聰閒着無事，離開那狹窄簡陋的家，到馬路上蹓躂。在馬路上走了一程，十分無聊，那時，北角模範邨一帶，雖仍未太開發，比起廣州，仍多了一分繁華，看看馬路上那些服飾整齊的男男女女，倪聰不禁有點自卑。他住了步，暗忖：「天呀！天呀！我倪聰可不能束手待斃！一定要找份工作，賺點錢，穩定生活，不奢望發達，只求兩餐溫飽，就已心滿意足。」皇天不負有心人，正當彷徨之際，一張紅招紙吸引了他的注意。

趨前一看，不禁心跳加速，那是一張「招聘」廣告。招聘的可不是甚麼高薪職位，而是普普通通的地盤散工。看在倪聰眼裏，卻比甚麼都動人。廣告寫明：「聘請年輕力壯的地盤鑿石工人，日薪兩元。」日薪兩元，一個月就有六十塊，五十年代月入六十塊，足可度日。

「年輕力壯」，倪聰立時看看自己的身材，雖不太高，異常紮實，在解放軍裏，學了不少技藝，連木工粗活也幹得來，鑿石頭，算得甚麼！太小兒科，必定獲聘。想到這裏，倪聰心無二用，立刻拔足狂奔到那個地盤見工。他的寧波廣東話仍未到家，地盤需要的是「勞力」，而非語言能力，哪怕你一天不說話，只要勤勤力力地幹就行。

管工見倪聰聰明伶俐，身材紮實，打從心底歡喜，就錄用了他。倪聰的興奮比中馬票還大，有了工作，就可以活下去，生活不必發愁。自此，倪聰早出晚歸，到地盤去鑿他的石頭，有時鑿得起勁，還加班，多一元進賬，一個月有八九十塊，生活漸漸得到改善。後來又跑去做鑽地工人，工資每小時兩元，一天工作四小時，就有八元，一個月二百四十，可一日鑽四小時，倪聰整個人散架了，捱不住，轉去染廠當雜工，雙手長浸染缸，脫皮發炎。

倪聰那時沒甚麼嗜好，唯一就是愛看書，這是他的天性，至死未改。一有錢，他就買書看。看的書十分蕪雜，小說偏多，最珍重矜貴的是俞平伯的《紅樓夢研究》和周汝昌的《紅樓夢新證》，倪聰大方，甚麼書都可以借了不還，唯獨這兩本借了一定要歸還。五十年代，倪聰一口氣到底看了多少本，怕連他自己也數不上來。到了香港兩、三個月，倪聰已看遍香港所有的報紙和雜誌，他跟工友說報紙上面的東西，他都懂得寫，工友罵他神經病：「你懂得寫，你又不是作家！」他不服氣，說道：「我真的懂得寫呀！」周圍的人，有鼓勵勵他的，有人罵他白痴的。那時，碰巧《工商日報》公開徵求一萬字小說，每週一次，倪聰技癢，花了一個下午，完成一篇一萬字的小說，寫得極其認真，改了又改，仔細謄清，最後在上面打了兩個洞，用粉紅色絲帶串好，打個蝴蝶結，用掛號寄到報館。這是倪聰畢生最認真的一次寫作，下不為例。那篇小說叫〈活埋〉，講中國大陸「土地改革」時發生的慘劇，小說在一九五七年十月廿七日刊登，稿費九十元，倪聰心花怒放，一日做苦工方賺三元，只花一個下午寫小說，就可以賺九十元，天下間哪有比這更好的事？編輯鼓勵倪聰多寫，遵命，又寫了幾篇，全都用「衣其」這個筆名。除了《工商》、還投稿《真報》和《新聞天地》。

那時香港的報紙，有三大天王，即《星島》、《華僑》、《工商》，三足鼎立；次一級的有《成報》、《紅綠》和《真報》。倪聰一向鋤強扶弱，反其道而行，對言論正派的三大天王，除《公商》外，餘皆不喜，只着眼於《成報》和《真報》。相比之下，他尤喜《真報》。

《真報》是一張反共報紙，刊登了不少「反共」文章。年紀輕輕的倪聰，對中共懷有不滿，常想寫一點批判文章。看到《真報》上面的文章，大不以為然，因為跟大陸當時的真實情況，大有距離。年少氣盛，就寫了一文投寄，竟讓刊登了出來，令倪聰不勝興奮。那時候，他並未想到自己會成為甚麼大作家，只是「我手寫我心」，盡訴心中積鬱而已。得到刊登的鼓舞，倪聰一篇一篇地寫過去，很快，他就成為了《真報》的新作者。

工商日報

活埋

衣其著
英傑画

倪匡生平第一篇小說〈活埋〉，刊於《工商日報》

倪聰開始時作業餘投稿，何時才真正成為全職作家呢？請聽倪匡夫子自道——「當年我經常給一家叫《真報》的報館投稿，陸海安找到我，說你不如來我們報館幫忙。我說好呀，反正沒有事做。」《真報》有一版政治評論，某天倪聰中看到一篇文章，連載三天，討論香港地位問題，覺得作者的觀點值得商榷，便執筆為文，寫了一篇意見相左的文章，投到《真報》。幾天後，全文刊出，並標明讀者來稿。後來該作者又寫稿反駁倪聰，雙方筆來筆往達兩月餘，後來方知道那篇文章的作者就是報館老闆陸海安本人。陸海安惜才，邀倪聰到《真報》上班，職位是「助理編輯兼雜役」，拆穿了就是甚麼都做，月薪一百三十元。其時，《真報》報館在香港荷李活道三十號二樓，編輯部簡陋，人手很少，總共五、六個人，一個社長，一個採訪主任，字房也設在編輯部內，麻雀雖小，文膽頗多，有邱山、麥耀棠、雷健、陸海安、方龍驤。小雜役倪聰也有專欄曰「虻居雜文」（諧音戇居）。

在拙著《金庸與倪匡》一書裏（利文出版社，一九八四年十二月

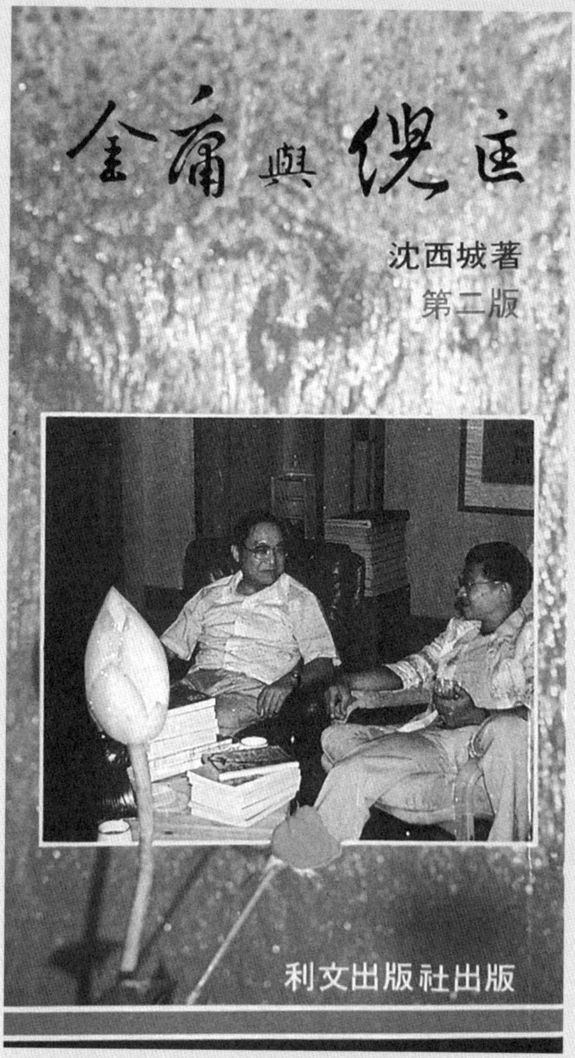

《金庸與倪匡》，利文出版社出版

版），有這樣的描述——「大約三十年前，香港的《真報》報館來了一個滿身土氣的少年，身材不高，樣子平凡，全不起眼，大概是他的身形鑾紮實，社長陸海安便讓他在報館裏打雜，日間則幫忙各部門的編緝，做一些簡單的編緝工作。」這個小夥子就是日後名聞大江南北的倪匡。《真報》的工作，是倪聰一生人當中在文化界僅有的一份職業，離開《真報》後，再不曾上過班，幾十多年來，就靠一管健筆開創了他的寫作天堂。

在《真報》，倪聰工作十分勤力，只做了很短的時候，陸海安就讓倪聰初試蹄聲，在報上撰寫政治雜文。那就是倪聰有生以來第一個專欄——「虻居雜文」，署名「衣其」，專事針貶大陸時事，筆調辛辣。人人都以為出自老頭兒手筆，卻想不到作者是個小伙子，大家在訝異之餘，都大為稱道。陸海安對倪聰十分讚賞，覺得這是一個罕有的人材，加以栽培，必成大器。

雖然由倪聰變成了「衣其」，倪聰的生活並沒有起甚麼大變化，收入雖穩定，仍不能算是衝破籠牢成彩鳳。《真報》嚴格而言，只是一張小報，秉承上海小報《晶報》的優良傳統——「麻雀雖小，五臟俱全」，其中有兩大版，刊載小說和雜文。小說方面，有武俠、奇情、愛情等類別，其中最受歡迎的，自然是武俠小說。有一天，一篇連載中的武俠小說忽然脫了稿，陸海安派人去查，原來是台灣作者司馬翎有急事，暫不能執筆。陸海安不由得大急，一時之間，難找人續筆。武俠小說不同於一般言情小說，講求情節，精氣的連貫。除非有人一直追看，而本身亦有一點寫作底子，否則不易續寫。陸海安環顧社內諸同事，沒人能膺此重任。正自彷徨之際，倪聰忽然說：「社長！這個我可代勞，不必擔心。」

陸海安乍見有勇夫上門，本甚驚喜，一見是倪聰，不由猛怔了一下：「你可以代勞？」有點難以相信。倪聰胸一挺，小眼睛睜開：「當然可以！這有甚麼難，我在上海時，看了不知有多少部武俠小說，早就想寫了。社長！不如讓我試試吧！」

陸海安想了想說：「好吧！」

倪聰大喜過望，幾乎要跳起來。

陸海安抬抬眉：「聽着，有兩件事必須聲明。」別說兩件，一百件，倪聰也會答應。

陸海安嚴肅地說：「寫連載嘛，不同其他，第一件事是絕對不能脫稿，因為這是十分不負責任的行為。」

倪聰猛點頭：「行！我應承。」

陸海安又往下說：「第二件是我先讓你試寫一個禮拜，如果不行，就得停止，你同意嗎？」

倪聰快人快語，想也不想就說：「同意！社長，放心，我不會讓你失望。」

陸海安表面不說甚麼，心裏卻在嘀咕：小子，咱們走着瞧吧！

說真的，陸海安對倪聰並不寄與甚麼希望，他見倪聰毛遂自薦，自己正苦於無人可用，就抱住姑且一試的心念，看看如何！而另邊廂，仍然積極物色續稿的人選。倪聰自然不知陸海安的心念，一門心思地以為陸海安賞識自己的才華，給以一展所長的機會。

他回到座位上，握管直書，轉瞬就寫成了二千字的連載部分。稿子呈上給陸海安審閱，陸海安一看，兀自嚇了一跳。倪聰寫的續稿，不但有板有眼，而且隱隱然有青出於藍之勢，短短二千字，除了行文流暢之外，還隱含新意，為將來的情節展開了更險奇的發展。他不由得驚喜交乍，忍不住走到倪聰身邊，雙手搭住倪聰的肩膀，大聲地說：「好，你寫下去。」

看到陸海安這個表情，倪聰知道自己的作品已得到陸海安的認同。對一個寫作人來說，天下間，有甚麼能比自己的作品被人認同更值得高興的事呢！倪聰不由得欣喜若狂。就這樣，倪聰成為了續稿武俠小說作家。續了兩個星期，居然沒有人看得出是續筆，讀者反應良好。司馬翎知道後，大發雷霆：「誰敢續我的小說？」倪聰回說：「誰敢，我敢？」司馬翎年齡跟倪聰相仿，都是二十來歲的小伙子，看過續稿的內容，笑道：「續得很不錯！」倪聰洋洋得意：「豈止不錯，簡直比你寫得好！」氣死司馬翎。續稿司馬翎，每千字三元，每天二千餘字，稿費一個月有二百一十元，比工資還多，續寫一段時期，司馬翎擱筆不寫。陸海安決定讓倪聰寫下去，開一篇新稿，便是《七寶雙英傳》，筆名岳川，名岳大川，氣勢磅礴，一炮而紅。五九年五月，《明報》創刊，翌年，金庸找他寫小說，名曰《南明潛龍傳》，千字十元，每日兩千一百字，月底得稿費六百三十元，兩口子歡喜若狂。

那時，香港報章上，新派武俠小說名家並不多。梁羽生、金庸已冒起頭，還多一個張夢還，也寫得一手好的武俠小說。岳川緊躡其後，居然賺得了籍籍之名。

這時，倪聰生活大大改善，夫妻感情更融洽。倪聰太太李果珍是在夜校裏認識的。生活安定後，想到進修，晚上便去修讀新聞系，倪太是去補習英文，兩人有一堂課同班，倪聰一眼看到這個妙齡女子，即有觸電感覺，頃刻間，就決定要娶這個女子為妻，他交的第一位女

倪匡與太太李果珍年輕時合照

朋友李果珍，最後就成為了他永遠的妻子倪太太。

倪聰說：「我認識倪太時，好窮，住的地方像豆腐乾那麼小，她仍然肯跟我捱下去，那時，我就發誓不能虧負她。」倪聰真的兌現了他的諾言，日後無論發生甚麼事，李果珍依然在他身邊，他從不會因為另一個女人，拋棄李果珍。岳川成了名，即在深山，也有人來尋。第一個來尋的人，就是羅斌。羅斌是上海廣東人，從小在上海生活，做的是出版發行生意。

五十年代初，羅斌攜了一袋書，南下香港尋發展，他把陣地設在上環，開創「環球出版社」，專事出版期刊和小說。羅斌這個人身兼滬、粵兩地人的特點，頭腦既靈活又肯蠻幹，每天連續工作十二至十四小時，不但把出版社的生意搞得蒸蒸日上，而且還投資開辦報紙——《新報》。《新報》走的路線有點像《真報》，內容卻更多元化，由於是做出版出身，《新報》特別看重小說。副刊裏，名家雲集，為讀者提供了多姿多采的精神食糧。

有一天，羅斌看到岳川刊在《真報》上的武俠小說，十分欣賞，決定請岳川寫小說。託人約晤倪聰，倪聰自然應約。

兩人歷史性的晤面，又為倪聰創作之路鋪展了更大的突破。

羅斌問：「倪先生，我想請你寫武俠小說，長篇的，你可有興趣？」

倪聰答得爽快：「好！不過，請問你們多少錢稿費？」這是倪聰的天性，大凡任何事，都是以錢掛帥，絕不含糊。

羅斌也爽快：「三塊一千字，如何？」

在《真報》，大抵只有一塊一千字，三塊是三倍了。

倪聰想也不想就說：「好！我們一言為定，甚麼時候要稿？」

羅斌道：「自然越快越好！」

倪聰說：「那麼明天我給你稿，你派人到我家拿吧！」

羅斌一聽，嚇了一跳，怎麼這個叫岳川的小子口氣這麼大？

原來，那時候還沒有傳真機的發明，一般作家都要自己送稿或寄稿，只有大牌作家，報館才會派人上門取稿。岳川那時候，還不是大作家哪！羅斌有商人本色，權衡輕重，終於應承，心想：今天才談好，明天真能有稿子嗎？懷着忐忑心情，跟倪聰分了手。

第二天黃昏時分，去拿稿的工人回到報館，向羅斌奉上了一個信封。拆開看，竟然是一個星期的武俠小說連載稿子。羅斌大駭，道：「天哪！天下間竟有如此的快槍手！」立即細讀，越讀越驚奇，小說一開始就牢牢地吸引了他的注意。

羅斌看小說，有一個原則，就是開篇要吸引，否則就會丟進紙字簍裏。

倪聰的武俠小說，打一開頭，就抓住了他的閱讀興趣。看完了七段稿，羅斌不禁嘆道：「呀！這真是寫作奇才，終於讓我找到了！」

原來羅斌南下香港，一直為缺乏一個寫手而傷腦筋。在上海，他看中小平的《女飛賊黃鶯》和《女俠盜黃鶯》，這兩系列的小說瘋靡了上海萬千小說迷。到了香港再版，仍然成為暢銷書，可小平已無新作，羅斌正為找一個接班人頭痛。

有心栽花花不發，無心插柳柳成蔭，無意中發現了倪聰，正正是小平的最佳接班人。有了這個計較，羅斌就全心全力爭取倪聰過來。羅斌的財力遠較陸海安大，而倪聰所需要的也正是錢，他是世界上最喜歡錢的人。

一個有錢，一個需要錢，一拍即合，開始了蜜運期。於是，倪聰為羅斌賣命，小說源源不斷。也是在《新報》，倪聰開始用「倪匡」的筆名寫小說，自此，人人都知道有倪匡而不知道有倪聰和倪亦明矣！「倪匡」這個筆名來得很偶然，一日倪匡想新起一個筆名，隨便揭開《辭海》，一指，指了個「匡」字，於是便叫「倪匡」。在《新報》，倪匡起先是寫武俠小說，後來才轉寫其他類型小說。

有一天，羅斌這樣問倪匡：「可看過小平的小說？」

倪匡說：「看過。」

「覺得如何？」羅斌問，滿以為倪匡會大加讚賞。

豈料倪匡說：「平平無奇，我寫，一定寫得比他好。」

羅斌有意氣他，反問：「真的嗎？」

「當然真。」二十幾歲的倪匡趾高氣揚地回答。

「好！那你就寫來看看。」

「好，一言為定！要寫多少字？」倪匡一本正經地問。

「八萬字吧，剛可以出一個單行本。」

「OK，」倪匡點點頭：「不過，老闆！我有一個要求。」

一聽要求，羅斌着實嚇了一跳，倪匡這小子，不會有甚麼好主意，還不是錢？

對了，果然是講錢。

倪匡一臉認真地說：「唔，我想要加點稿費。」

「加多少？」羅斌問。

「一千字加到十元！」倪匡大聲地。

「甚麼？」羅斌嚇得跳了起來：「一千字十元？」

「對！」倪匡可不給羅斌的威勢嚇倒，硬錚錚地一字一字說：

「一——千——字——十元！」

「你可知道龍驤一千字多少錢？」羅斌朗聲問。龍驤出道比倪匡早，那時候，已是香港首屈一指的大作家。倪匡搖搖頭。

「龍驤才拿一千字八元呢！」羅斌故意說出龍驤的稿費，旨在讓倪匡知難而退，或者是自己斟酌減低稿費。

倪匡「鈔票掛帥」，那肯退，一挺胸：「一千字十元，不肯——拉倒！。」

「——」羅斌呆住了，他萬想不到倪匡這小子議起價來，氣壯山河，毫不退讓。

「龍驤是龍驤，我是我，弗搭架（滬語，即沒有關連）！」

羅斌嘆口氣：「罷罷罷！十元就十元，喂！我跟你說，一定要精彩呀！」

「放心，沒問題。」倪匡滿口應承。

「甚麼時候有稿？」

「給我四天時間吧！」倪匡胸有成竹地。

「甚——麼？」羅斌這趟真的跳起來了：「四天，你說是四天？」

「怎麼？嫌多嗎！那三天好了。」倪匡狡猾地擠了一下眼。

「不不不，我是在想四天哪能寫一本八萬字的小說？」

「那有甚麼稀奇，一天寫兩萬字，不就行了？」倪匡豎起四根指頭：「放心，四天後我給你稿，我可不曾脱過稿呢！」

羅斌聳聳肩，雖然知道倪匡寫稿速度快，仍不敢相信四天可以寫完一本八萬字的小說。

星期一，星期二，星期三，星期四，到了星期五早上，羅斌案頭的電話響了。

「羅斌！」倪匡連名帶姓叫：「我是倪匡，小說寫完了，你叫人來拿。」

「真的嗎？」羅斌不由怔了怔。

「當然是真的，快來拿，還有，請你把支票一併帶來，拜託拜託。」

這是倪匡個人開創的手法，一手交稿，一手拿錢，文化界裏，迄今仍無人能仿效。

「知道了。」羅斌不耐煩地。

「喂，是八百塊！知道嗎？」倪匡對「銀碼」一向在意。

「我會叫人帶給你。」

「還有，羅斌！最好是現金支票，不必過戶。」倪匡不忘提醒。

由此可見那時倪匡寫稿的特點。

一是速度飛快，從不脱稿。

二是交稿拿錢。

三是支票最好不畫線，他不想存銀行。

羅斌打了支票，差人去倪匡家，把小説拿回來。

這本小説，就是《女黑俠木蘭花·巧奪死光錶》，署名「魏力」，

《女黑俠木蘭花》系列，署名「魏力」

在《藍皮書》連載。

女黑俠木蘭花行俠仗義，同情窮人專門跟富人作對，在格調上而言，十分接近《女飛賊黃鶯》。然而，倪匡卻不承認這一點。

八十年代初，我為台灣遠景出版社寫了一本《我看倪匡科幻》，其中論到木蘭花和黃鶯的異同。我認為木蘭花的創作，承襲了黃鶯，可以說基本上是《黃鶯》的連續，行俠仗義，機智過人的性格，都跟黃鶯相類似。為了尊重倪匡兄，我把原稿送上寶馬山道賽西湖大廈倪匡寓所，先讓他過目。

過了一天，倪匡打電話叫我去拿稿。一見面，他就說：「稿子寫得不錯，不過我刪了一段。」

刪哪一段？回答：「是有關木蘭花的那一段，你說我受小平影響，我不同意，所以刪去了。」

這是有史以來倪匡僅有一次刪我的稿子。他一直崇尚寫作自由，即使你寫他的私隱，只要是真的，他也不會動氣，卻不知怎的，這趟不能同意我的看法。我當然尊重倪匡，心裏仍感戚戚，木蘭花跟高翔的嘔氣，不正跟黃鶯同陶探長對立爭吵的情節相似嗎？倪匡不可能不受小平的影響，只是更加精采而已，說是「青出於藍」亦無不可吧！（註：若干年後，倪匡自我解釋，有人說我寫《女黑俠木蘭花》，靈感是來自之前在《藍皮書》上所連載小平的《女飛賊黃鶯》，那並非事實。當初構思《木蘭花》的時候，正是占士邦電影初興，迅即轟動世界之際，所以應該說木蘭花是一個『女占士邦式的人物』。）文中的「有人」，就是我，直到今日，我仍然認為木蘭花，有黃鶯的影子。

《女黑俠木蘭花》出版後，大受讀者歡迎，暢銷程度，遠在岳川的武俠小說之上。羅斌不禁心花怒放，拼命催倪匡多寫。倪匡也不推拒，努力耕耘，最高紀錄，一月寫四本，總收入三千四百塊，在六十年代，乃首屈一指的收入。由於木蘭花受歡迎，羅斌決定將它搬上銀幕。羅斌有一家電影公司叫做「仙鶴港聯」，一向以拍攝古裝武俠片為主，因為木蘭花暢銷，就拍起時裝來。當時，「仙鶴港聯」有個當家花旦雪妮，樣貌嬌甜俏麗，微翹的嘴唇，充滿性感，木蘭花就由她來飾演。至於她的妹妹一角，羅斌起用新人羅愛嫦，這是極其成功的嘗試。羅愛嫦身材修長，動作靈活，有很濃厚的時代氣息，跟雪妮十分合襯。至於高翔這個角色，敲定了曾江，當年他是僅次於謝賢的紅小生。

在籌拍期間，曾有人建議由謝賢飾演高翔，有人立即反對，理由有二：

（一）謝賢隸屬「光藝」，不易外借。

（二）片酬太高，增加負擔，謝賢當時片酬是港幣二萬元，佔製作費的五分之一，當年拍一部粵語片，十萬元已十分足夠，給了謝賢兩萬，再加雪妮的片酬，當會削弱製作費。

曾江雖是紅小生，片酬比起謝賢來，相差頗遠，他大抵只有七八千，雪妮更便宜，僅五六千塊。至於羅愛鍗，由於是新人，不會超過二千。換言之，謝賢一個人的片酬，足以支付男女主角和配角的費

《女黑俠木蘭花》電影宣傳海報

用，羅斌算盤精，划不來，就用曾江。

有了電影的宣傳，倪匡用「魏力」筆名所寫的木蘭花氣勢更勁，銷路倍增，成為環球出版社有史以來最賺錢的書種。而倪匡得勢不饒人，本來已高的稿費一加再加，最終，開出了一百元一千字的稿費。

這可把羅斌嚇壞了。一千字一百元，八萬字豈非八千元，這是天文數字。要求倪匡減價。豈料倪匡不答應，他一向是鐵價不二，雙方的合作關係，就開始由蜜運期，轉化至冰河期，《木蘭花》出版了六十幾版，壽終正寢。

在《新報》前半期，倪匡除了寫武俠小說和木蘭花外，也寫過其他的小說，最膾炙人口者，莫如《浪子高達傳奇》。浪子高達，是一個風流倜儻的人物，類似占士邦。七十年代，荷李活流行《007》占士邦電影，扮演占士邦的辛康納利，成為影迷偶像，倪匡的浪子高達，大抵脫胎於此。只不過，浪子高達的外型，從描寫中看來，不如辛康納利的粗獷，應該更接近第二代的占士邦——羅渣摩亞。高達身手敏捷、頭腦精靈，直是女人眼中的白馬王子，由是風流自賞，享盡溫柔。浪子高達跟木蘭花最大的不同處，在於書中有十分旖旎香艷的描寫，在性愛場面上，倪匡更是匠心獨運，撒鹽添醋，往往看得人血脈賁漲，不克自恃，遂成為男性必讀的作品。

在《新報》前期的創作生涯中，倪匡已經揚名，他每天要寫一萬至兩萬字，早上十二點開筆，筆耕至黃昏，大約五六點時，就可以完成當天的工作，晚上，他從不寫稿，只作應酬。

那時，倪匡主要寫三類稿子：（一）武俠小説，代表作有《六指琴魔》、《五虎屠龍》。（二）女黑俠木蘭花，代表作是《巧奪死光錶》。（三）浪子高達傳奇，代表作乃《紅粉嬌娃》。另外，還要兼顧不少其他散稿，而寫作的報章，除了《新報》外，還有《真報》和後來的《明報》。

稿酬多，生活大大改善，倪匡遷居銅鑼灣加寧街海威大廈二樓B座。加寧街是百德新街的一條横街，面對避風塘，那時還未有東區走廊，空氣清新，風景優美。倪匡喜歡吃魚，從於二樓窗門把竹簍垂下，可向避風塘的船家買鮮魚。那特殊的舊日風情，正跟我棲居西環青蓮台時，垂藍買物一樣，既有趣又懷舊。可以說，六十年代末、七十年代初，倪匡已非初到貴境的窮小子了。

（三）爲爭稿費　倪羅決裂

算起來，我認識倪匡差不多已有五十二年。五十二年前初會的情況，今仍歷歷在目。

七〇年十二月十七日，北角新都城酒樓夜總會開幕前夕，我的世伯老報人鍾萍為新都城搞宣傳，備了幾席酒菜，招待新聞、文化界嘉賓，由《華僑日報》老總何健章出面具署，發帖邀請各方俊彥。我看過帖子，有倪匡的名字，心中雀躍不已，那時，我已是倪匡的讀者。不過，我這個讀者卻是給硬逼出來的。

一九六七年暴動期間，我蒙珠海書院新聞系系主任陳錫餘教授介紹，進入《新報》做兼職校對，晚上八點上班，深夜兩點下班。第一晚上班，馮姓校對長就把一疊稿子遞到我手上：「請你重新校對一下，千萬要小心，不要出錯，這是倪匡的稿子。」一聽是倪匡的稿子，心頭大震，忙抖起精神，用毛筆蘸紅墨水細校（那時校對都用中國毛筆，不像現在有日本水筆可用）。用心校了一會兒，回頭一望，馮先生赫然站在我背後，一臉焦急。他是啞子，不會講話，一逕地指手劃腳，我實在難明所以，只有瞎猜。

馮先生也真行，伸出右手食指，在空中寫了一個「倪」字，然後食指搭拇指，裝出個「O」（OK）字，意思是問倪匡的稿子校好了沒有？

我搖搖頭。他忽地嘆了口氣，把枱上的稿子一手搶過，揣在懷裏，回到自己的桌子上，細細地重校。我大惑而不解，旁邊的同事低聲地對我說：「你有所不知，老總最緊張倪匡的稿子，阿馮那能不着意？」

其時，《新報》的老總是羅斌弟弟羅輯，人稱輯爺。副老總是黃朗秋（也是作家，擅寫言情小說）。

「為甚麼着意？」我好奇地問。

那同事又低低地說：「這是『狽飛』（粵語，重點的意思）稿呀！

人人都爭看。」原來如此！之後，我專責校對倪匡的稿子，日日看，哪能不上癮？

這裏不妨插一筆，說一下倪匡的字，《金庸與倪匡》一書裏，有過這樣的描述——「老實講，倪匡的稿子，是不易校對的，字跡雖然清楚工整，卻像串串的螺絲扭揑在一起，纏夾不清，只能辨形識字，如果逐字拆開看，怕番生倉頡（倉頡再生）也要自認𡡅鄉呢！」到今天，倪匡的字體仍然如此。

為甚麼字體要寫成這樣呢？倪匡有上佳的解釋——「我每天要寫那麼多的字，少則一萬，多則兩萬，當然要用一種方便自己的字體，既省時間，又不吃力。於是我就先縮小字體，然後讓文字輕貼住原稿紙左邊格子，這樣就會增添速度。」

還有一點是倪匡寫稿，從不用名牌原子筆或墨水筆，只用斑馬牌原子筆，而且必定不套筆套。

他說：「筆套重，拖慢速度」。倪匡的字雖不好看，情節卻吸引，每天校對，慢慢，字體就成為我朋友，有一種親切感；而那個寫字的人，也就成為了我的偶像。想想快要看到偶像，那種興奮直如今天的少女們看到了金城武和姜濤一樣。

那天離開席還有一小時，我就跑上酒樓，穿上西裝的我，顯得老成，少了一點滑頭。

八點開席，七點剛過，賓客翩翩而來。賓客盈門，可沒有我心儀的倪匡呀！

「說不定不會來！」鍾萍這樣說：「人家是大作家哪！」

我沒吭聲，心裏卻巴望倪匡能來。快到入席之際，門口響起歡騰、喧鬧的聲音，一堆人圍住兩個男人正在說個不停。鍾萍一瞧，滿臉喜色：「來了！金庸！倪匡！來了！」我定眼朝前望，那兩個男人，一個是三十剛出頭的年輕人，一個則是剛邁進四十的中年人，兩個人正隨着何健章走了進來。我從不曾見過倪匡（那時作家為保持神秘感，從不亮相），猜看年輕的必然是他。

倪匡的頭髮剪得很短，近乎平頂頭，穿着一襲西裝，鼻樑上架住金框眼鏡，一邊走，一邊笑。何健章把金倪兩人引至主賓席坐下，然後開始上菜。我坐的地方，距倪匡不遠，因而他的容貌，看得十分真切。

倪匡的臉相，有個特徵，十分引人注目，就是他的鼻子特別大，尤其是鼻頭，不獨大，而且隆起如阜，著名相學家阿樂就曾説過：「倪匡的鼻子，已夠他吃足一世。男人的鼻，一定要大，而且要隆。倪匡兼具兩者，焉能不發。」倪匡的鼻子給與我深刻的印象，歷久難忘。

除了鼻子，倪匡説話的聲音很大，速度也急，像機關槍。阿樂又説過：「説話多的人，做事也急。」焦急是積極的同義詞，嗣後跟倪匡交往，深深地感受到他的急，有時令人難以適應。

酒至數巡後，敬酒，酒樓方面黃瑞麟代表，而文化界方面，則由何健章，鍾萍偕同我負責。我那時是黃毛小子，端着酒杯，跟在後面。敬定了酒，我扯住何建章的衣袖問：「老總，可否介紹我認識倪匡？」

何建章說：「有何不可？」用手搭住我的肩膀，拉我到倪匡跟前。倪匡看了我一眼，笑說：「小朋友，你坐下來，我們好好聊！」

他問了我的姓和籍貫，答以「姓葉」（那時我還未用「沈西城」的筆名）、上海人。」。

他「啊」了一聲：「原來是同鄉（倪匡一直說自己是上海人），那我叫你做小葉。」

「小葉，小葉」一路叫了五十二年。如今「小葉」已變成「老葉」、「沈大哥」矣，而當年過來人（海派作家）口中的「小倪匡」，亦於今年七月三日，永別人間，奔赴宇宙星球。

相對而言，金庸就遠比倪匡沉默得多，金庸不善辭令，可他那管筆，寫社評，真的跟他同省前輩魯迅不遑多讓，鋒利無比，震撼人心。

年代久遠，那天倪匡與我聊了些甚麼話，多不復記憶，臨離枱前，倪匡忽然拿起枱面上一張小紙，寫了自己的地址給我——「銅鑼

壯年時期的金庸與倪匡

灣加寧街海威大廈2樓B」。這張字條，我一直保留了差不多有十多年，才因搬家而散佚。真可惜，這是難得的紀念呀！

「小葉，你有空，到我家裏來來玩！」倪匡略帶酒氣地對我説。

「一定，一定。」我敷衍着。

過了兩天，路過銅鑼灣，心血來潮，就一逕跑上海威大廈。按了鈴，有人來開門，是倪匡的女傭。（這個女傭一直跟着倪匡，看着倪穗、倪震出世，直至一九九二年倪匡移民這才退休。）女傭問了我的姓氏，請我進內。

進門是大客廳，窗明几淨，最引我注目的，是客廳一角靠臨街窗門處，放了一張大型桃木書桌，當中一張大班椅子，椅上放着幾個軟墊。

（這可是誰坐的呢？）在我的想像中，以倪匡的名氣，必然會擁有一個面積不小的書房，當然不會使用客廳的書桌。

（如果不是倪匡坐的，那又是誰坐的呢？難道是倪太？）

倪匡跟上海衛斯理專家王錚合影

小書迷杜延巧遇大作家倪匡

正自孤疑間，倪匡打房中出來了，一見我，急呼呼地說：「呀！小葉，你來了？」原先還以為他會發楞，豈料他好像一早料到我必會上來拜候似的，一點詫異都沒有。看見我盯著那張桃木寫字枱不放，會意地道：「這是我辦公的地方。」

這一個答案，真的大出我意料之外，我乍一驚：「倪匡兄，你……你沒有書房？」（豈不是跟魯迅一樣？）

倪匡搖搖頭：「是不是覺得好奇怪？」

我點點頭：「有一點點。」

「唉！地方小，不好用！」他吁口氣。

我又是一怔，海威大廈B座的這個單位，少說一千多呎，正是許多人夢寐以求的居所，又怎會小呢！

倪匡說：「這兒一共有四個房間，一個我跟倪太睡，兩個分給了倪穗和倪震，還有一個是工人房。你說，小葉，我哪能有書房！」

那時，倪穗和倪震還年幼，按理可以姊、弟合住一個房間，騰出一個給老爸當書房，也是天公地道的事嘛。正自狐疑之際，倪匡不愧為聰明絕頂的人，一眼看破我心事。

「小葉，孩子們應該有自己的獨立房間，外國人的教育是對的，可以訓練他們從小獨立！」倪匡說。為兒女，倪匡寧可犧牲個人空間，足見父愛亦有其寬大之處，不下於母愛。「來來來！我們過去坐。」倪匡向我招了一下手，主動地走向書桌。

在大班椅上一坐，倪匡「小說之王」的神采氣派，活靈活現地展示了出來。我跑了過去，在他對面的椅子上坐下來。書桌上放滿書和用具，當然少不了他的「謀生」工具——原稿紙和原子筆。記憶中，倪匡那時已有私家稿紙，稿紙很大，格子卻小，因而兩邊空白多。初時還以為空白多，是方便改正，倪匡卻說：「我寫稿從不翻看，改動不多。」

那麼稿紙上留那麼多空白，幹嘛？

倪匡說：「多一點白，看起來舒服一點嘛。」原來如此，真虧他想得出來。

倪匡那時的嗜好，不是女人，而在養魚、HIFI、貝殼，照相機。在大廳裏，養有一缸缸的魚，一數正好九缸，因名「九缸居士」。對魚，我既外行，又無興趣。倪匡見我興致不高，基於過門是客，就轉變話題，說起他另一珍藏——貝殼。那時在香港，玩貝殼的人還不多，可倪匡已成專家，他買了不少貝殼，其中不少是價值連城的珍品，兩三萬一塊，乃等閒事。

倪匡喜孜孜地說：「我常常寫有關貝殼的文章，外國的貝殼俱樂部，許多時將我的文章譯成英文發表，這樣，我認識了不少同道好友。」一面說，一面陪我看那在匣子裏的貝殼，確是珍品，可惜我是隔教，任憑怎樣用神看，也看不出有奇妙之處。

倪匡嘆口氣：「小葉，人得有嗜好呀！你有甚麼嗜好？」告以「喝酒」和「寫作」。滿以為會拿酒出來，豈料倪匡卻說：「小葉，我有一個習慣你可能不知道，太陽下山前不喝酒。」（後來此習有改，太陽未升起前，已在大喝特喝），於是只好改談寫作。

倪匡授以錦囊：「寫作沒有得教，坊間那些所謂寫作技巧一類的書。全沒用，笑死人！如果你跟它學，包你寫不出東西，雜七夾八，有個屁用！寫作人人都會，巧妙各不同，要寫得出色，最最重要的，還是有天份。我不喜歡毛澤東，但有一句話，我同意，就是天才論，寫小說嘛，全靠天份，沒有，甭寫，謝謝儂一家門。」嚇得我有如十桶冷水照頭淋——心直往下沉。

「多看，多寫，這就行，不用怕人笑。」倪匡到最後還是對我加以鼓勵：「還有，寫小說嘛，最重要就是語不驚人誓不休，管它後面是垃圾，一開筆就要抓緊讀者情緒，否則就沒戲唱！」倪匡寫小說，無師自通。其實，他天資過人，學甚麼都是靠自己的努力，像養魚，蒐集貝殼，大部分的資料，皆源自書本，從沒有專家從旁指導。然而，積聚的知識，遠超於一般專家。我在海威大廈，看過倪匡所養的魚和蒐集的貝殼，不大喜歡，卻認清了倪匡的基本性格，一字——「盡」。

倪匡做甚麼都會做到「盡」，「盡」在某種意義上是「完美」，惟從另一角度看，則會過猶不及，倪匡往往因「盡」而放棄原來的嗜好。魚和貝殼都曾是倪匡的最大嗜好，有一天，忽然厭倦了，立即棄如撇履，不屑一顧。價值逾萬的貝殼，雙手送人，魚也轉讓，家裏沒一條魚，沒一塊貝殼，他放棄了的東西，說甚麼也都不想再多顧一眼，再回頭我也不要你！老實說，倪匡這個性格，雖可稱獨特，想想也教人心驚，可幸，對朋友，他從來沒這樣。

在海威大廈時期，倪匡的寫作地盤，最初放在《真報》和《新報》。他說，一天起碼要寫一萬多字，其中有好幾段是連載小說。其時，還沒有傳真機的發明，稿子要報館的人來收，很難留底，稿子怎樣續下去呢？

倪匡想到一個辦法，就在案頭貼紙，把稿子最後一句話，記上去。舉個例說：木蘭花今天寫到第十回，於是在紙條上寫上：「木蘭10，穆秀珍搶了進來。」這樣，第二天寫的時候，就可以續下去。倪匡一直利用這個方法續稿，由於記性好，沒出過甚麼岔子。跟他同期的某些作家，不時擺烏龍，把日報的稿寫成了晚報的稿，結果自然一團糟，編輯老爺叫救命。

有了傳真機，原來問題可以解決，然而倪匡這一生人，似乎還未用過傳真機，到九十年代，仍然跟傳真機絕緣。晚年，開竅了，聲控寫小說，網上搜資料，不差後生半步。不用傳真機，原因之一是倪匡寫稿，永遠多寫幾天，根本不用每天傳稿。而且，他的稿子會由倪太去影印，報館派人來取，傳真機不發生任何效用。（註：傳真機也有影印功能，知道自己是蠢人的蠢人倪匡卻不知道。）

六十年代的倪匡，主要創作包括了如下幾種：

（一）武俠小說，署名倪匡、岳川。

（二）奇情小說，署名魏力。

（三）官能小說，署名高達、高飛、洪新、危龍。單是這幾種創作，就令倪匡有了豐厚的收入。在眾多作品中，尤以《黑俠木蘭花》最膾炙人口，銷路也最好，因而贏得了「小說之王」的美譽。

倪匡視錢如命，不停地要求羅斌加稿費，從一千字十元，一路加至八十元。羅斌一一從命。後來，倪匡要求加至一百元一千字，羅斌算過，實在沒利可圖，只好忍心拒絕，這就造成倪、羅二人之間的裂痕，終致走上「分手」之路。

站在倪匡的立場，我的作品暢銷，就得加錢，他不是那種「留得青山在，那怕無柴燒」的人，他是一個「見風駛悝的人」。有一句話，他常掛在嘴邊：「有一天我不行了，跪在你面前，你也不會要。」他早看穿這個世界。可六七十年代，一部小說要八千塊，那是天文數字，實足駭人，羅斌在商言商，沒錯！《木蘭花》促使倪、羅決裂，到了後期，倪匡對《新報》和「環球」已是意興闌珊，頓萌去意。

就在這時候，金庸找人約晤倪匡，請他寫稿，倪匡欣然答應，蟬曳殘聲過別枝，寫作的主要地盤移去了《明報》，從此開創了他輝煌的中期創作時代。

（四）倪查共議　傳奇出世

倪匡與《明報》的關係，可謂千絲萬縷，源遠流長。六十年代初期，已開始為《明報》副刊寫稿，「岳川」、「倪匡」寫武俠小說，「沙翁」撰雜文，「衛斯理」寫科幻。現在誰都知道，「倪匡」讓倪聰晉升小說之王，「衛斯理」則教倪匡成為香港科幻小說之父。可開始時，衛斯理仍然十分窩囊，撰寫的科幻小說，未為廣大讀者愛戴，在《明報》副刊裏，只不過是作為聊備一格的存在，是武俠小說，奇情小說的一種點綴，可有可無。怎麼會有衛斯理呢？倪匡有他的說法——「當時我在明報已經有兩篇武俠小說的連載，分別以『岳川』和『倪匡』作筆名，金庸叫我化名多寫一篇，我說：『難道又是武俠小說嗎？』那豈非自己跟自己打對台？他也覺得那不是很好。我提醒他那時占士邦很流行，他便說：『那你就寫時裝武俠小說吧，時代背景是現在，但是主角會武功。』那很特別，我覺得可以一試，便在一九六三年，寫了第一個衛斯理故事《鑽石花》。」開始時不脱江湖奇情形式，直到《妖火》，方寫成幻想小說。

金庸開給倪匡的稿費，其實不如羅斌，但「佛爭一爐香，人爭一口氣」，倪匡仍然決定為金庸效勞。倪匡自詡「貪財烏龜」，獨擅爭取稿費，精明如羅斌者，也拿他沒辦法。遇到金庸，縱然倪匡是千手如來，也無用武之地。倪匡眼看寫了一陣子，稿費仍舊便宜，於是故技重施，要金庸加稿費。

一躺，在宴席上，他覷準機會，訴苦：「查老闆，我寫了《明報》好一會了，稿費似乎還不曾調整過？」

金庸早就知道倪匡難纏，一聽這些話，就知道正本戲開唱了。當下，不動聲色，說：「倪先生！你想怎樣？」

倪匡打蛇隨棍上，說：「當然最好能加一加！」

首部加入科幻元素的衛斯理傳奇《妖火》

「這個嘛……」金庸沉吟了一下。

倪匡口才素來厲害，知道金庸拙於詞令，不予放鬆：「查老闆，儂價《明報》，銷路邪氣好嘛，進帳麥克麥克（豐厚），加點稿費，算啥事體，對勿？」出動上海話，套近乎。坐在旁邊的人，大多是《明報》作者，當然應和。好個金庸，雖拙於詞令，心思飛快，慢吞吞地說：「倪先生的提議倒有些道理，待我回去查一查，三天內給你回答，好勿？」

老闆這樣說，旁邊的人自然再不好意思說甚麼，倪匡滿心歡喜，暗忖：人人說金庸精明，這回還不栽在我手裏？哈哈哈！當下喜形於色，回家後，做了個甜甜美夢。一天，兩天，三天過去，金庸沒電話來，倪匡好生納罕，正想打電話去問，倪太走進書房來，手上拿着一封信。

「倪先生，（倪太一直這樣稱呼倪匡）！你的信，好像是查先生寄來的！」倪太將信放在書桌，轉身走了出去。

倪匡拿起一看，是《明報》信封，清清秀秀，端端正正的字體，不是金庸又是誰？當看到信封左下角的「查緘」二字，更加肯定是金庸的回函了。熟悉金庸的人都知道，金庸喜歡寫字多於講話，他吩咐手下做事，大多利用字條。倪匡捧着信，心想：呀！加稿費了，到底加多少呢！他忙不迭他把信拆開一看，呆住了。信寫得十分簡潔，卻像把利箭似的，刺痛了倪匡的心。信大抵這樣說：兄的加稿費建議，經弟回報館聽取營業部的實際情況後，暫未能應命加給你。

倪匡看到這裏，已經十分生氣，再往下看，嘿！好個金庸，居然條分縷析地列出了不能加稿費的原因：紙價高企，人工調整，收支剛能平衡。《明報》目前並未賺錢，只係苦苦支撐，言下之意，維持原訂稿費，已非易事。倪匡一肚子氣，可是金庸所列的理據，鏗然有聲，無法駁斥，擲信後，仰天長嘆。

經此一役，倪匡知道要金庸加稿費，比登陸月球還難。場面上還有得說說，若然讓他回去，無疑放虎歸山，經他的生花妙筆一揮，直成曲，對變錯，要求加稿費，簡直成迫害。罷罷罷！倪匡只好暫時放下這條心，乖乖聽命。他常常對人說：「我在《明報》拿的稿費。比起我在其他報章上的要便宜得多，呀！老查！我真拿他沒辦法！」

倪匡在《明報》上寫三類稿：武俠、科幻和雜文。雜文曰「皮靴集」，署名沙翁，一篇二、三百字，大多是非議共產黨，這是他一貫作風。

倪匡為甚麼那樣討厭共產黨？回說：「這世界上，沒有人比我更清楚共產黨。」說這話時，四人幫正鬧得凶，內地大陸人民身處水深火熱之中，倪匡義憤填膺，自然有他的道理。因為反共，在某些事情的立場上跟金庸有了出入。沙翁的「皮靴集」常常受到刪改。倪匡向金庸抗議，金庸只好陪笑。倪匡怒氣沖沖地說：「老查！要嘛你就不讓我寫，要我寫，就不能改。」

金庸唯唯諾諾，吁一口氣說：「倪匡兄，你沒辦過報，不知辦報的難處。唉！」倪匡那管，堅持己見。

皮靴集 ○沙翁

壯舉

近年來，香港人發起的文化活動極多，形式也各有不同。但論到規模之強大，意義之深遠，只怕以「絲路之旅」爲最。而且「絲路之旅」的參加者，雖在事前，曾要求工商企業於以資助（在外國，科學、文化的考察團體受企業的資助，是極尋常的事，香港的企業，也該爲香港的文化事業盡一點力了），但參加者已決定，此行若有收益，也撥給慈善團體。絲路是古代中國人走出來的，古代交通工具不便，裝備不良，可以走出這一條路來，千載之後，科學昌明，但要走這條路，未必比古代容易，只怕更難，人類究竟是在進步還是退步，眞叫人迷惑。

倪匡在《明報》上的「皮靴集」

「皮靴集」照寫如儀，行文也更辛辣，金庸逼於無奈，只好聲明：「作者個人意見，不代表本報立場」，這就過了關。從這一點可以看到，金庸跟倪匡兩人在性格上顯著不同。

金庸似木訥，實質靈巧。

倪匡似是靈巧，實質獨斷。

這兩個人能成為好朋友，也是異數。《明報》的稿費不高，為倪匡所帶來的無形好處，屈指不能勝數。《明報》在七十年代，聲譽鵲起，經過就五、六十年代的逃亡潮，跟《大公報》展開激烈的辯論後，《明報》搖身一變，由「中型報」變為「大報」，它那些有關中國大陸政治的報導和評論，在當年香港，可謂獨領風騷。知識分子看重它，升斗小民愛護它，《明報》成為大多數香港人的精神食糧，蜚聲海外。

《明》、《成》、《快》，成為了報壇術語，《明》指《明報》、《成》是《成報》、《快》乃《快報》。論地位，自然是《明報》第一，讀者大多數是知識分子，要求較多，《明報》的風格正好迎合他們的胃口。

倪匡在《明報》寫稿，可謂如魚得水，老闆金庸除了稿費稍為苛刻外，賦予絕對的寫作自由，連「皮靴集」那樣尖銳的雜文，也排日照登，倪匡胸懷大開，說道：「在《明報》寫稿子，是我最開心的辰光。」

七十年代到八十年代，倪匡的文名越來越響，香港名作家龍虎榜上，倪匡已名晉三甲。

那時，作家的排名大致如下：

（一）金庸

（二）梁羽生

（三）倪匡

（四）三蘇

（五）依達

（六）龍驤

金、梁都是寫武俠小說的，開創了新派武俠小說，成為第一流的武俠小說家，三蘇寫怪論，也寫愛情小說。龍驤寫奇情，他的《貓頭鷹鄧雷》，膾炙人口，偶亦寫言情小說，《明日之歌》是他的力作。依達那時還年輕，是青春派愛情小說的開山鼻祖，處男作《小情人》（拍成電影《儂本多情》），令他立時成為萬千青年讀者追捧的對象。

倪匡在各大作家中，如論才能，可說最雜，寫作範圍廣泛，武俠、言情，科幻、奇情、情色都是他的拿手好戲，單以範圍論，沒一個比得過他。他曾自豪地說：「在中國作家中，論寫作品類之夥，無有如我者，論寫字之多，怕也是我第一。」實非虛語，僅衛斯理科幻已超過一百集（共一百五十六集），其他像原振俠、羅開、年輕人、浪子高達等，倪匡寫的字怕已過數千萬。

一九七八年，我到東京訪問松本清張，向他介紹香港文壇，特別提到兩個人，一個是金庸，一個就是倪匡。松本清張帶點不相信的口吻問：「真的嗎，一個作家真能寫這麼多？」松本清張本身是日本的多產作家，作品之多，難以勝數，他自詡日本第一，可以數量論，怕仍不如咱們的倪匡，「健力士世界紀錄大全」不列他入榜，是人為的最大疏忽。

倪匡一小時寫四至五千字，下筆不用思索。我曾目睹他寫稿，「沙沙沙」，只聽聞筆尖在原稿紙上飛，不曾有停頓的時刻。一個小時不到，枱面上的五百格原稿紙，至少有八頁，那就是四千字。

那時，作家撰稿速度快速的還有一位三蘇。盛傳他寫稿有如車衣，而且可以一邊搓麻將，一邊寫稿。好事的人都想知道是三蘇快，還是倪匡快，因沒比拼過，無人知道真正的結果，直到一九七八年的某個下午，三蘇約我到「珠城」三樓喝茶，閒聊中，才漏了口風。

三蘇說：「倪匡比我快一些。」由此看來，以論香港寫稿速度，倪匡在七八十年代，穩佔第一位。只是三蘇的年紀大於倪匡，速度因年齡關係減慢，也是理所當然的事，若是全盛時期，怕會在伯仲之間。然而，倪匡教人佩服的地方，不在於他手快，而在他的「多面手」，不但能寫不同類型的小說，而且還能為人捉刀。金庸寫稿的速度，剛好跟倪匡相反，下筆奇慢，在《明報》的連載，如《倚天屠龍記》、《天龍八部》等，雖然每天一千一百字，他老人家可以寫上兩三個小時。寫好後，改了又改，直至滿意為止，難怪有人形容金庸寫稿有如春蠶吐絲，嘔心瀝血。他習慣每寫一段時期，都要出國「充電」，有時是純旅行、有時是外出公幹，有時是半旅行半公幹。由於寫得慢，不能多存稿，逼得找人代筆。

《天龍八部》寫至一半，金庸要出遠門，於是就把倪匡請到家裏。

「倪先生，儂阿有看《天龍八部》？」他問。

「儂好看嘎小説，哪會勿看，趕快寫光，出單行本，阿拉想一口氣看光。」

「謝謝儂。」金庸是謙謙君子：「現在我有一樁事體要倪先生幫忙。」

「講，辦得到，一定效力。」倪匡一口應承。

「我要出國去……」

還沒説完，性急的倪匡已經插口：「喔唷，那豈不是《天龍八部》

要停咯？」

金庸搖搖頭：「勿不能停，讀者們會失望，我勿是倪先生，日寫萬字，這咋辦？」他望着倪匡。

倪匡也望着他。

兩人對望了片刻，金庸忽道：「我倒想出一個好法子，不過唔嘸倪先生幫忙，成勿了事。」

「我幫忙？我能幫啥忙？」倪匡一愣。

「哈！這個忙可大嘞，」金庸破天荒地笑了一下，他平日寡於言笑，不怒而威，《明報》上上下下的人，一聽到查社長回來了，都會提起精神，乖乖地工作，道：「我要請儂代筆。」

「甚——麼？」饒是倪匡天不怕地不怕，這下子，也可怔住了，口吃地問：「你……你要我代筆？」

「對對對，我看也只有倪匡兄可代勞。」金庸輕描淡寫講國語：「怎樣？不是有問題吧？」

「不不不……」倪匡的頭搖得有如搏浪鼓，回以國語：「那有甚麼問題！」胸一挺：「沒問題，你放心去——」想了一下，這個「去」字有點不妥，連忙改口：「你去旅行，我來代寫。」

「這我就放心了，」金庸微笑，道，臉上流露出長久不見的快慰。

「放心，我一定不會讓你失望，讀者也不會發覺。」倪匡大聲說。

「謝謝，謝謝！」金庸由衷說：「不過，我還有一個要求。」

「甚麼事？」倪匡吸了一口「總督」。

「你每天寫好後，最好讓老董（千里）過過目！」金庸說。

「甚——麼？」倪匡虎眼瞪得比燈籠還大。老董者，即董千里，筆名項莊。項莊的「舞劍談」，是《明報》副刊上另一個矚目的專欄，每天五六百字，或針貶時狀，或臧否政事，都有獨特之見。只不過，倪匡向來不太服董千里，聽得自己的稿子要經老董過目，大不是味兒。

他臉漲紅了，聲音有點發抖：「為甚麼要讓他看？」

金庸並沒有給倪匡那窮凶極惡的樣子嚇了個稀巴爛，仍然鎮靜如恒地說：「老董年紀比你大，文字的認識較深，給他看，就有雙重保證，你萬勿誤會。」倪匡聽了這樣說，氣才消一半，不過，心中仍感耿耿——（那樣說，是說我不及老董了。好，倒要好好地看一下老董的東西！）回到家裏，就用心地看老董的雜文，越看越心平氣和。老董的文筆果真不錯，用詞簡潔有力，確為「健筆」，老查的話沒錯。就這樣，倪匡接受了金庸所賦予的任務，從金庸離開香港後，每天代寫，之後讓老董過目。

代寫《天龍八部》，對倪匡而言，了無難處，他每天都追看，對情節發展，瞭如指掌，續寫起來，十分輕鬆自如。臨行前，金庸授以錦囊，把日後發展的情節，約略告知倪匡，自是希望倪匡照寫。倪匡初時遵命如儀，可寫下去，手就不聽話了，妙想天開，添上不少個人想法，甚至讓阿紫瞎了眼。對這個變動，倪匡引以為傲，他認為瞎了眼睛的女人，最能洞察世情。倪匡的模仿力一流，《明報》讀者絲毫看不出破綻，還以為是金庸自己所寫。

天龍八部
五、六件大事
三國第一美人
明報
東海遊俠
西廂記

倪匡代筆的《天龍八部》段落

金庸一去月餘，鳥倦知還，回來將剪稿細細一讀，不禁嚇了一大跳。好個倪先生，膽大妄為，不依本子辦事，自說自話，將《天龍八部》，寫得天馬行空，分枝繁多。仔細看下去，又不難發覺倪匡的匠心獨運，往往有神來之筆。金庸邊看邊讚嘆，卻又有點埋怨倪匡的不聽話。

金庸續把《天龍八部》寫下去，迨至出單行本，就將倪匡寫的情節全刪了去。

為甚麼要刪？理由好簡單，就是倪匡的構思有悖於金庸的原意，如果把倪匡一段保留，全本小說的結構，就不夠完整。倪匡對金庸的決定，自無異議，他說：「這是老查的小說，他有權增刪。」我看過倪匡代筆的那段情節，其實並不太離奇，跟《天龍八部》也沒有甚麼相悖的地方，看來是金庸有意保留全書的完整，不想滲入旁人的心血，這才刪去了這一大段倪匡的文字。（這跟倪先生刪我文字，如出一徹。）

從這一趟代筆看，不難發現金、倪寫作的不同處。金庸寫作，文字駕馭能力奇拔深厚，可論構想的雄奇，就不如倪匡。倪匡深受還珠樓主的影響，設想詭異幽冥，筆下情節，往往有如脱韁野馬，一發不可收拾。然而，在文字功力方面，由於閱讀不如金庸廣泛深邃，就落了下風。倘使倪匡不是自我放棄，將武俠小説再寫下去，雖未至於超越金庸，跟梁羽生並駕齊驅，絕非難事，然而在《天龍八部》成書後，倪匡卻有些意興闌珊，放棄了再寫武俠小説的念頭，寫啥？寫科幻小説吧！在那個年代，香港還沒有作家寫科幻小説呢！當時香港讀者知道有「科幻」小説的，並不多，外國作品屬此範圍者，香港人看過的，不外乎《地心探險記》和《海底二萬里》。

「我想試試看，好嗎？」倪匡很少徵求別人的意見，金庸則是例外。

「好，歡迎！」金庸點了點頭。就這樣，六三年，第一部倪匡的科幻小説開始連載，便是《鑽石花》。為了隆重其事，倪匡特意改了一個新筆名——「衛斯理」，《明報》玩懸念，連載第一天，在報頭煞有其事地形容：「衛斯理先生是一個足跡遍全球的旅行家，又是一個深諳武術的名家」，説是由報館邀請「衛先生」撰寫小説的。這也加強了真有衛斯理其人的印象。許多年後，倪匡撰文回憶衛斯理的誕生。初時是寫着玩的，豈料火頭點着後，一發不可收，成為了長篇小説系列。我曾查過中國文學發展史，中國有史以來最長篇小説系列，怕非衛斯理科幻莫屬，橫亘三十年，可説是文壇上的一大奇績。《鑽石花》，帶出了白素，一個世上罕有的美人，清幽脱俗，舉止優雅，跟紳士冒險家衛斯理構成奇幻詭異故事，打動千萬讀者的心扉。倪匡擅寫科幻小説，其實很少看科幻小説，曾這樣説過：「外國的又不好看，像艾西莫夫，人稱科幻小説之父，我卻覺得作品沉悶得要命，哈哈哈哈！」衛斯理傳奇在明報從一九六三年到一九九二年，一共連載年了三十個年頭，每天八百到一千字，其中七三年至七八年，整整五年，倪匡停寫衛斯理，為啥?就是改編還珠樓主的天下第一奇書《蜀山劍俠傳》，把原書四百多萬字，重新編校，刪除一半以上，又續數十萬字，寫了個結局，成為《紫青雙劍錄》十卷。總覺得這是一件吃力不討好的事，出版後，讀者評價不一，譭多於譽，倪匡吃了一記悶棍。扶桑歸來，跟倪匡談到《蜀山劍俠傳》，反對他這個做法。我從不以為《蜀山劍俠傳》是偉大的武俠小說，結構散亂，文字冗贅，倪匡呱呱叫，罵我不懂小說，吵至面紅耳赤而不傷友情。鳥倦知還，衛斯理又回來了，第一部重出江湖之作，就是《頭髮》，之後靈感泉湧，一發不可收拾，直至九二年，金庸賣《明報》與于品海方止。

這時，倪匡已成為金庸以外，《明報》最重要的作家，兩人的緊密合作，也令《明報》副刊，逐步取代了其他報紙副刊的地位。金庸的《武俠》小說，倪匡的《科幻》小說，並為雙璧，萬丈光芒，照耀着六、七十年代香港的報界。八十年代初，我基於此概念，花了一周（實則四天），寫成《金庸與倪匡》，此書即成為日後研究金庸、倪匡的濫觴。

倪匡的《鑽石花》後來也集結成單行本

（五）編劇奇才　稱霸影壇

倪匡進軍電影界，大約是六十年代中期，他踏足電影界也是很偶然的。當時，倪匡是寫作界的天之驕子，一天要寫十幾個長篇連載，另加雜文，字數在兩萬字左右。繁雜的稿件，把他擠壓得幾乎透不過氣來，因此常想找個機會歇一歇。剛好，大導演張徹準備拍新派武俠電影，看中倪匡寫的《獨臂刀王》，於是便找倪匡商量。倪匡樂呵呵喜吱吱，立刻把作品賣給張徹拍電影，既可提高知名度，又可有錢進賬，何樂而不為！更何況倪匡一直心繫這種金錢遊戲呢！

張徹先問倪匡對電影可有興趣？倪匡忙不迭地說：「興趣自然有，可是根本騰不出時間看戲。」

張徹說：「《獨臂刀王》是你的故事，如果你有空，不妨自己動手把它改成劇本，好嗎？」

倪匡一聽，還沒有表示意見，張徹已搶住説：「放心，我另外算你劇本費好了！」

「多少錢？」倪匡一向懂得做生意。

「一萬塊！」」張徹想也不想地回答。

「嘿！」倪匡幾乎跳了起來：「一萬塊？」

那時他的稿費，拿得最高的是《女黑俠木蘭花》，已加至千字一百元，其他的充其量是一百元底下。一萬元要寫十萬字，現在只需把自己的故事略為修改，就可以拿一萬元，這門生意可對勁極了！而且一個劇本根本不可能有十萬字，以字數計，都是寫劇本化算，立刻應承。在倪匡看來，一直以為寫劇本非常容易，因而當張徹提出邀請時，他滿腦子想着的是那堆花綠綠的一萬塊，而不曾考慮過其他的因素。當然，他也不會想自己過去根本沒有寫過劇本，而電影也因為這幾年忙於稿事，根本看得不多，於是便按照《獨臂刀王》的情節，搬字過紙，約略分成場節，匆匆交差。滿以為張徹看了，定會激節讚賞。不料，劇本交出後，石沉大海，毫無回音，不過錢既是拿了，倪匡也懶得去管。

好不容易過了一段時間，張撤忽然搖來電話，表示戲拍好了，要請原著兼編劇倪匡去看。倪匡欣然赴約，看過全片，幾乎暈厥。原來除了「《獨臂刀》倪匡」五個大字，是屬於其本人所有外，戲中情節以及對白，均被改得體無完膚，哪是倪匡所寫的劇本？

若是換了另一個人，定會不高興，可倪匡看在鈔票份上，大有容人之量，笑笑：「唉，拍得不錯呢！」電影改名《獨臂刀》，王羽、焦姣、潘迎紫領銜主演。我記憶沒錯的話，這是香港影壇第一部打破百萬賣座紀錄的電影，不消説，自此之後，王羽，張徹都成了名，連帶所及，倪匡也晉升「百萬編劇」。

「嘿嘿！我這個百萬編劇真是受之有愧！」倪匡回想起來，不覺有點兒臉紅。張徹大概也體諒到倪匡的心境，把倪匡拉過一邊，低聲說：「老弟，你寫小說，自是無話可說，可編劇不同於寫小說，是兩碼子的事，日後我們好好談談，以老弟這樣聰明，一定很快上手。」《獨臂刀》一擊得手，張徹乘勝追擊，續請倪匡編劇。

這回倪匡學乖了，主動跟張徹接觸，而張徹也把他編劇心得，一五一十告訴了倪匡。倪匡這才知道編劇並不易為，既要分場做得好，人物性格也要拿捏得準，至於對白，不消說更是貴精不貴多，小說裏的長篇累贅對白，根本不管用。經過第一次慘痛教訓，倪匡學乖了，他的第二個劇本，已逃離被改得體無完膚的厄運。倪匡、張徹、王羽，是六十年代香港電影界的黃金鐵三角，外地片商只要看到王羽主演、倪匡編劇、張徹導演，便會不假思索地出高價買下來。

編劇可以賣埠，倪匡可以說是第一人。

倪匡跟張徹合作的電影，大部分是武俠片，其中最膾炙人口的除了《獨臂刀》外，就是《大刺客》。至於時裝片，則有《死角》、《叛逆》等等，不克盡錄。《死角》是姜大衛，狄龍嶄露頭角的電影，片中塑造

王羽
焦姣
潘迎紫
領銜主演
SHAW SCOPE
獨臂刀
ONE ARMED SWORDSMAN
IN EASTMANCOLOR
邵仁枚
監製
張徹
導演
邵氏兄弟（香港）有限公司出品 全部彩色
A CHINESE PICTURE WITH ENGLISH SUBTITLES

《獨臂刀》創百萬票房

姜大衛那種浪蕩而又瀟灑的形象，一直以來，都被姜大衛沿用着，到《遊俠兒》，這種飄逸形象又有了進一步發揮。

也許有人奇怪，為甚麼倪匡跟張徹會合作了那麼久？

電影圈中，眾多職位，最難幹的便是編劇。導演跟編劇之間，更難長久合作，因為通常是會有意見相左進而口角的情形出現，好友翻臉成仇。因而，電影圈中流行一句俗語叫「是好朋友，千萬別叫他做編劇」，正是為了劇本問題，容易發生齟齬，以致不可收拾，友誼受損。可倪匡跟張徹基本上沒有存在這個問題，當然小衝突是勢所難免。不過，很容易便「化干戈為玉帛」，雨過天晴，携手賺錢耍樂。

為甚麼會風平浪靜，而又合作愉快呢？這不得不歸功於倪匡的「出門不認貨」的原則了。倪匡確有先見之明，知道搞劇本是一門吃力不討好的事兒，為免麻煩，訂下兩大條件：

一、一手貨一手錢，錢要現錢。

二、貨出不認，更談不上修改。

合乎這兩大條件者，敬請光臨，若要修改那就請便。條件開出，同行嘩然，有前輩粵籍編劇家便在外面批評倪匡「飛擒大咬」，毫無職業道德可言。倪匡借了「聾耳陳隻耳」，一意孤行。惟顧客盈門，應接不暇。

老拍檔張徹知道倪匡規則，劇本交來，照例不會要求修改，倪匡盜亦有道，告訴張徹：「你要改隨便改好了，不用給我面子，只是錢可不能不給。」

張徹是一個爽快的導演，他叫人寫劇本，會先告訴你一個故事，你照意思寫個大綱給過目，認為可行，便會叫你動筆寫。寫好，他拿回去，之後一面付錢，一面讚道：「好，還不錯，謝謝幫忙。」跟住送上一根雪茄，一頓飽飯。當然拍出來後，劇情跟你所寫，幾乎兩回事。

張徹處事，就是如此，可倪匡一直稱他是好導演。好在哪裏？

「好在不用改，因為他自己知道要改哪裏！」倪匡賊嘻嘻地說。

想想這也是真的，一個好導演，應該知道劇本的紕漏出在哪裏，要人改，又哪及得上自己改呢！倪匡曾給我說一個故事，聲明是百分之百真實，沒虛構成份，所以不必像某些電影開頭那般的，照例來幾句「本故事純屬虛構，若有雷同，純屬巧合。」其實巧合得那麼巧合，瞎子眼睛也會放亮，雞吃放光蟲，心知肚明了，倒不如大大方方指名道姓，說過明白。

《蜀山劍俠傳》準備搬上銀幕，嘉禾電影公司希望請倪匡編劇，因為過去幾年，倪匡一直在《明報》副刊點校這本書。倪匡見有錢可賺，欣然答應，其時，倪匡劇本費大約已增至五萬元一部。

《蜀》片導演是留美新派導演徐克。徐克以導演電視劇《金刀情俠》震動視壇，被目為七十年代末期東方影壇彗星。後來給吳思遠拉去拍了部《蝶變》，映象瑰麗，變幻莫測，成為一群前衛影評家捧場的對象，而徐克本人也就飄飄然，認為自己是大導演，對劇本的選擇非常嚴格，跟他合作過的編劇，個個都給他折磨得死去活來。其中一個編劇家更對人表示：「幾乎上廁所，也怕徐克殺到來呢！」徐克是否這樣可怕？不得而知，他一向對拍片抱有嚴謹的態度則是事實，所謂折磨編劇，無非是想把電影拍好而已，並不存在任何私心。劇本是電影的靈魂，對劇本，徐克一向認為要千錘百鍊，窮而後工。

好了，一個是出門不認貨，一個是要求千錘百鍊，如何合作？明眼人老早便知道早晚會出岔子的，只是靜候好戲上演而已。開始的第一個回合，雙方還客客氣氣，徐克要求倪匡開劇本會議。

倪匡見八十年代潮流有變，再也不能太過執着過去那條舊有原則，於是便湊合敷衍一下。不料，徐克得寸進尺，要求第二次會議。

倪匡見勢不佳，便對徐克說：「希望這第二趟是最後的一趟了。」徐克死命應承：「知道，知道，倪大哥時間寶貴，我們絕不會佔據大哥太多時間。」

於是倪匡去了，怡東酒店會議上，徐克提出許多意見，倪匡一一記在心裏，對徐克說：「喏！大綱出來了，是否這樣？」覆述一遍。徐克曰「然」。

「那麼我可以回家去了。」倪匡一生人，最怕開會，見已有大綱，便想借故告辭。

「好，大哥請便。」徐克也大方得很。倪匡心想，人稱徐克難搞，今日看來，可能是誤會一場，傳聞言之過重了。

甫拿起外套，往肩上一搭，腳步只移動了兩三下，徐克陡地發出洪鐘之聲：「大哥，且慢！」

倪匡止步，轉身問：「又有甚麼事？」

徐克滿臉笑容：「大哥，我忽然想到一點東西，想加上去，你能再聽五分鐘嗎？」

倪匡一聽「五分鐘」，哪有甚麼問題，倪匡絕不是小肚雞腸。於是徐克滔滔不絕地說了下去。一面聽，一面驚，越聽越不對路。

哎喲！我的媽呀！大導演，你說到哪裏去了？中國成語裏，有一句話叫「南轅北轍」，正好拿來形容徐克先生。大導演興之所到，構思源源而出，所說跟五鐘之前所定的完全搭不上架，先前是A變了B，現在嘛，B不是A變的了，是A、C的結晶。

媽的！聽得小寧波倪匡火了起來，臉色一沉，問：「你說完了沒有？」

徐克說得興起，哪會理會，答：「沒有，還沒有……」

倪匡更火：「你知道你現在說的，跟剛才說的完全不同嗎？」

徐克說：「大哥，別急，你聽下去！」

倪匡沉住氣再問：「我到底照哪一種寫？」

徐克咽住了，答不上來。

倪匡一怒，把手上的筆記朝枱面一擲：「我費事同你班契弟玩！（粵語，意謂我不再費功夫跟你這渾小子談）！」

後來，倪匡自言：「當時廣東話之流利，得未曾有。」一擲掛冠，匆匆回家。才踏入家門，電話鈴響，原來是徐克打來：「大哥息怒，你話點寫未點寫咯（粵語，意即你要怎樣寫就怎樣寫吧）！」敬酒不吃吃罰酒，倪匡一直認為電影界大多數的導演都有這種傾向。多年後，

第三十一屆金像獎頒獎禮，倪匡獲頒發終身成就獎，徐克為頒獎嘉賓。

徐克頒金像獎終身成就獎與倪匡，一笑泯恩仇。

「是你來叫我寫劇本，又不是我來求你，對嗎？」倪匡翹着二郎腿：「既然你叫我，就得依我條件。我交劇本，你付錢，天公地道，誰也不欠誰。至於改不改，也是你情我願。其實，劇本根本不能太過改動，改多了，不一定好。你看，電影界許多劇本是一改再改的，拍出來還不是老樣子。好的導演能夠把壞劇本拍好，壞導演可以把好劇本拍壞，好、壞導演的區別就在這裏。」一直以來，倪匡都跟張徹合作，兩人如魚得水，合作愉快。張徹一直是倪匡心中的好導演（可倪匡可是張徹心中的好編劇，不得而知。）直至張徹減產後，兩人的合作機會才逐漸少了起來。

劉家良是繼張徹後，跟倪匡合作得最多的一個導演，差不多大部分劉家良所導演的少林功夫電影，劇本都是出自倪匡之手。說也奇怪，倪匡的劇本到了劉家良手上，往往會拍出了獨特的藝術氣氛，到底是家良的導演手法成功，抑或是倪匡的編劇技巧有了長足進步呢？

這點只好留給電影觀眾自己去判斷。不過，劉家良在倪匡口中，跟張徹一樣，是好導演，端是真的。

我問倪匡，為甚麼劉，張兩人是好導演呢？

他頑皮地用食指在唇邊「噓」了一聲：「你不要講出去，因為給他們寫劇本不用改嘛，這樣的導演不好，難道那些麻煩導演好嗎？」我忍俊不禁，笑了起來。原來張徹、劉家良不用倪匡修改劇本，難怪倪匡說他們好。無論張徹、劉家良，對電影都是忠貞不二的，倪匡不改，那就惟有自己改。拍出來的電影總是好的多，壞的少，證明導演懂得電影，不一定要折磨編劇。

李翰祥的《三十年細說從頭》，談到編劇，說最佩服是程剛。我這裏加上一句，倪匡也不差，至少他勤力，沒有程剛那麼賴皮。在倪匡編劇生涯全盛時代，試過一個月寫八個劇本的紀錄，平均三天半寫一個。如果一個劇本一萬塊計算，一個月的收入便是八萬元了，稿費怎及得上，所以，那時倪匡簡直愛上了劇本，險些把小說棄如敝履了。

倪匡寫小說的速度，是一小時四千五百字，寫劇本則是三四天寫一個，寫好放在寫字枱抽屜裏等人來拿。通常，電影公司老闆要求倪匡寫劇本，給以限期是一個星期，倪匡一般是提前交卷，不過怕太快影響了別人對他的信心，只好暫時束諸抽屜，到期滿那天才交出：「邵氏公司要我寫劇本，可以一手交錢一手交貨，那些台灣片商嘛，是先付錢後交貨，倪匡不會走，倪匡是怕他們走。」發展到後來，連邵氏公司也先付錢了。

聽說，邵逸夫爵士對倪匡十分欣賞。有時候，有些導演想用新人編劇，跑去謁見邵總裁，邵爵士聽完他們的故事後，照例微笑一下，輕輕地說：「好呀！格嘛就叫倪匡寫好啦！」邵爵士一開心，寧波腔上海話便溜了出來，可見邵爵士對倪匡是十分傾心的。難怪乎有人說，倪匡幾乎壟斷了所有邵氏的電影劇本。而倪匡對這種評語一直沒有耿耿於懷，笑罵由人，人是為自己而活，並非為了別人而活的。這是倪匡生存信條。

後來，電影事業有了新的轉變，許多新的電影公司都流行集體創作，倪匡的編劇生涯開始褪色，沒以前那麼紅火了。

「我現在（八十年代初）少寫劇本了，所以盡可能把劇本費提高，一個賣五萬，十萬，好好的寫，總勝過寫五個一萬塊的劇本吧！」倪匡說：「不過，仔細想想，寫劇本也不化算，對嗎？現在已不可能不改，一改，就得受氣。誰願意自己劇本給人胡亂的批評，所以嘛，還是乾脆寫小說好了。我算過了，如果把稿費提高，收入跟寫劇本差不多，有一個好處，便是不受限制，更不用受氣。」這是倪匡的生意經。倪匡的劇本到底好不好，吳思遠用八百塊買了他一個劇本，結果束諸高閣，一直未拍。

八十年代，倪匡的稿費加至千字五百元，每天只寫兩三千字，便已足夠過富裕的生活。也曾想過投資拍電影，自己做導演，拍自己的作品。「小葉，我想過的，拍自己的作品，自己做導演，成本可輕呢！編、導不用付錢，可省二三十萬，對嗎？」有一回倪匡啜著XO，興沖沖的對我這樣說。

可後來沒有了下文，問他何故？

他苦着臉說：「一來我沒有錢，二來仍然是沒有錢，還有我做生意，絕不如查良鏞，如果去搞電影，怕會傾家蕩產。你不想大哥做老瘪三吧？」

唉，無論如何，單是編劇一項，倪匡對電影界，可說已有不少貢獻，二十多年來，那三，四幾百個劇本，怕已足夠資格，在健力士紀錄大全裏佔一席位了吧！

（六）粉墨登場　專演嫖客

倪匡在八十年代開始，漸漸遠離編劇崗位，原因有下列幾點：

（一）跟他合作的單位，不是作豹隱，就是減產，最明顯的就是張徹。

張徹曾離開邵氏，在台灣自組長弓電影公司，卻遭逢到空前的挫折，只好賣棹歸鄉，重投邵氏懷抱。花無百日紅，風光不再，連帶所及，倪匡寫劇本的機會也就越來越少。

（二）影壇掀起新浪潮，八十年代中期，倪匡已接近五十，思想開放，作風新潮，跟年青人相比，仍有隔膜，難以溝通。年輕導演崇尚集體創作，不再執着於名牌，倪匡受不得連篇纍牘的開會束縛，只好悄然引退。

（三）舊派武俠電影開始滑坡，八十年代，香港電影主流是喜劇，由崛起的新藝城電影公司帶動，插科打諢，非倪匡所長，他自己也說：「我學不來。」（其實，倪匡是頂幽默的，絕對寫得出喜劇形式的劇本。）

這三個原因加起來，倪匡怎能不退？離開編劇崗位後，倪匡重回寫作界，努力發展科幻小說，這是他人生另一個大變動，將在下一章詳述。

記不清是哪一年哪一天，倪匡突然對我說：「小葉，我要拍電影了！」態度認真。聽了，三魂七魄奪體而出，不知所措，倪匡是在開玩笑吧！這個人平日連照片也不想拍，怎會去拍電影？

這裏要補上一筆，倪匡有一個古怪原則，從七十年代到拍電影之前為止，奉行不移，那就是作家要保持神秘，不可以隨便亮相。其時，不少傳媒，包括報章、雜誌、電視跑來訪問倪匡，都給他一一回絕，還鄭重叮囑我萬萬不能出鏡。（神經病，小葉在寫作界，默默無聞，誰會訪問我？）

不放心，再教訓我說：「小葉，有一天你寫作成了名，要記緊千萬不要曝光，作家靠搖筆桿吃飯，不是靠色相。」我一直緊記在心，豈料倪匡卻率先破例！倪匡見我眼定定地瞪住他，自然知道我在想甚麼，他「呀」了一下，說：「小葉呀！時代改變了，咱們可不能墨守成規呀，變一下，不為過，嘻嘻！」以笑遮醜。

我一笑：「倪匡兄要變了？」

問拍甚麼電影？

倪匡呵呵大笑：「是蔡瀾的《群鶯亂舞》！」電影寫塘西風月，構思大抵來自禮記的《塘西花月痕》。禮記原名羅澧銘，名報人，他的《塘西花月痕》連載於《星島日報》綜合版。綜合版的主編胡爵坤，乃有名的書家，《星島旅遊》那幾個字，便出自他手筆。禮記年輕時，徜徉塘西，見盡不少人間風流韻事，筆之以書，格外傳神，連載時，早已膾炙人口，萬人爭讀。

成龍的威禾電影公司在拍了不少齣動作電影後，不知怎的，竟萌新意念，看中李碧華的小說《胭脂扣》。說的雖然是人鬼相戀。背景卻是塘西，李女士大抵是受了《塘西花月痕》的影響，寫成《胭脂扣》這部小說。《胭脂扣》很賣座，如花跟十三少的戀情，可歌可泣，而梅艷芳唱的主題曲也成為了膾炙人口流行曲。潮州才子蔡瀾，見獵心喜，決意拍一部高級情色電影，為了盡善其事，起用唯美派導演區丁平執導，而美術方面，也禮聘第一流高手張叔平，而幕前卡士：關芝琳、利智，更是一時之選，看得出蔡瀾的用心，是想拍一部文藝娛樂兼具的好電影。

有一天，蔡瀾、黃霑跟倪匡吃飯。三個老朋友，幾斤黃湯下肚，漸漸言不及義，說的盡是風月事。

倪匡打趣道：「有一天，我忽然起了床，覺得有點頭痛，就跑進浴室洗個澡，脫了衣服，對住鏡子一照，呀！呀！你說我像甚麼？」

蔡瀾、黃霑同時問：「像甚麼？」

倪匡眯着眼睛：「活像是一個大嫖客。」

蔡瀾、黃霑聽後，不禁大笑。笑聲迴盪於酒樓的貴賓房。

蔡瀾心思靈活，一邊笑，一邊一個奇怪意念湧上心頭，何不叫倪匡串演一個角色？

然而，倪匡一向怕上鏡，又沒拍過電影，加上又是「大哥」身分，蔡瀾不知説好還是不説好。

正巧這時，黃霑舉起杯敬倪匡：「大嫖客，我們乾一杯。」

倪匡乖乖的舉杯，把杯中的XO一飲而盡。

此時不説，更待何時。

「好，説！」蔡瀾胸一挺，勇氣陡增。

「倪匡兄，大嫖客，」聲音比平日高了幾度：「我有一個請求，不知該説不？」

倪匡酒氣上湧，加上人又性急，連忙催促：「説説説，快説！」

「我想——」蔡瀾心知倪匡性格，故意吞吞吐吐。

「説——」倪匡聲如暴雷，天下皆響。

「我想請你拍戲。」蔡瀾説完，定睛望住倪匡。

「拍戲？」舌頭打了個圈兒，倪匡楞住了：「拍甚麼戲？呀！對了——」指着蔡瀾：「你要我拍鹹濕戲，小電影！哈哈哈！」

「對！就是鹹濕戲！可不是甚麼小電影，而是大銀幕的小電影。」

喝了幾杯XO，蔡瀾的口齒顯得十分伶俐，英式幽默脱口而出。

「大銀幕的小電影？哪有這回事！」倪匡不相信地。

蔡瀾哼了口説：「倪匡兄！我近日籌備了一部電影，叫《群鶯亂舞》，裏面有一場拍妓院的戲，需要一個嫖客——」

話還未説完，好事的黃霑已插口：「對對對，這個嫖客，非我們倪老匡莫屬，他最像，不用化裝，已像到十足。」

「真的？」倪匡照例眯着他的小眼睛問。

「當然真的！本來我也可以演，不過，有你在，我只好退位讓賢。」黃霑乘機推波助瀾。

「對，倪大哥！這個角色由你演，包你一鳴驚人。」蔡瀾笑說。倪匡尚在猶豫，蔡黃二人連忙下多幾分肉緊，好話說盡。光是好話，對咱們的倪匡可不發生任何效力，倒是蔡瀾跟下來的那幾句話，打動了他的心。

「倪匡，先小人後君子，拍戲當然要賺錢，對嗎？」蔡瀾笑着說：「這樣吧，由你客串，每天付你片酬兩萬元，如何？」

倪匡一聽有錢可賺，又是兩萬，立刻喜上心頭，問：「拍多少天？」

「幾天吧！」蔡瀾吃不準。

「五天好不好，十萬塊！」縱然黃湯滿肚，頭暈眼花，倪匡仍然不忘賺錢之道。

「好！我願意！」蔡瀾倒也爽快，立刻應承，他知道跟倪匡講價，必然告吹。

倪匡聽得蔡瀾「我願意後」，側着頭想了一下，問：「蔡桑！（朋友習慣如此叫蔡瀾）我沒演過戲，這個角色，怎樣演？」

黃霑插口說：「這個容易！你就演自己好了！」

倪匡狠狠地白了黃霑一眼。黃霑照例咧開一副黃牙，一副賊相。

「你甚麼也不用想，不用做，光坐着就行了。」蔡瀾輕描淡寫地說。

倪匡好生納悶：「甚麼『光坐着就行了？』，世上哪有這麼容易賺錢的事？」

他不明白，想問，卻又不便多問，那顯得太小家子氣了。（這可不是我老匡作風。）

拍戲的事，就在一場飯局中定了下來。倪匡拍電影，當時，是哄動的大事，衛斯理的「科幻」紅極一時，如今衛斯理出山，要拍戲了，他的小說迷哪會不關注！有不少忠實讀者，心存道德，怕倪匡拍電影，會損害衛斯理形象，更何況是一個「嫖客」角色，那更不像話。有個女記者跑去訪問倪匡，談到嫖客這個角色：「倪先生，你不怕損害你的形象嗎？」倪匡一聽，起先是一怔，繼而仰天大笑。笑得那個女記者目瞪口呆，不知所措，心想：倪大哥，你在笑甚麼哪！

倪匡笑了三秒左右，這才住口，反問女記者：「你今年幾歲？」

女記者說：「二十三。」

「那可行了，不要緊。」倪匡自言自語。這回挨到那個女記者怔怔地望住倪匡。

「告訴你吧，我本就是天生的嫖客，演這個角色，有甚麼問題？」這話一出，可把女記者嚇呆了，半晌作不得聲。

「男人有哪個不嫖，不嫖不是男人，不同的，有的是暗嫖，有的是明嫖，明人不做暗事，衛斯理男人一個，為甚麼不嫖？」倪匡嘰哩呱啦地說了一大堆，那女記者那有説話的餘地。於是，倪匡（衛斯理）出演嫖客，已成定局。過了一個星期，通告來了，訂明晚入廠。屆時，蔡瀾派車來接，倪匡從從容容地坐上汽車，直駛嘉禾斧山道片場。影棚裏搭了一幢妓院佈景，畫棟雕樑，美侖美奐，富麗堂皇。倪匡的腳步才踏入影棚，全體工作人員鼓掌歡迎，大叫：「歡迎倪大哥！」倪匡頓時有種英雄凱旋歸國的感覺。

「來來來，倪大哥！我們先喝酒。」蔡瀾一見倪匡，立刻送上上等的XO。倪匡往椅子上一坐，老實不客氣地，骨碌骨碌先灌幾口。酒進歡腸，氣頓壯，倪匡雖然生平第一次拍電影，竟然連一點怯意都沒有。酒杯才放下，其他工作人員都走了過來，不少人舉杯向倪匡敬酒。

「倪先生，我喜歡看你的小說。」

「大哥！衛斯理捧極了，最近有甚麼新故事？。」

「大哥，給我簽個名字吧！」七嘴八舌，倪匡自入影棚後，無一刻安寧。他這面應一句，那面答半語，跟住又是酒。不消一盞茶的工夫，倪匡已酡酡然，額角開始淌汗，噴嚏不斷。

這時，服裝捧上戲服——唐裝衫褲一襲。倪匡換上，因為有汗，敞開衣襟。劇務替他搧涼，倪匡斜躺在椅上。不消一刻，悠然入夢。

夢中是花花世界，桃紅柳綠，千姹萬嫣……。「大哥！到你了！」

忽然，蔡瀾的聲音在他耳邊響起。一瞬間，影棚已被水銀燈照耀得如同白晝，人聲鼎沸，導演正在指手劃腳，指揮演員各就各位。

「到我了？」倪匡宿醉未醒。

「嗯！」蔡瀾點點頭，向兩邊臨記打了個眼色。兩個體形健碩的臨記，分從左右，搬起倪匡所坐的椅子，直朝鏡頭走去。邊走邊叫：「倪大爺來了！」

兩邊站立的妓女，紛紛和聲：「倪大爺來了！倪大爺來了！」

老鴇迎上來，嘴裏賣乖：「呀！倪大爺！你可想煞我了，真的想煞我了。」這可輪到倪匡一頭霧水。（甚麼回事？蔡桑搞啥？）

臨記將椅子放下。砰的一聲，讓倪匡稍稍清了一下頭腦。（呀，我在拍電影呀！）

他朝右角一望，「滋滋滋」，原來攝影機早就開着了。

（糟糕！我該唸甚麼對白？蔡瀾那小子，可沒告訴過我呢！）

正自孤疑間，兩個美女走近身邊，其中一個把手上的臉盆朝地上一放，另外一個，二話不說，抬起倪匡的腳，脱去襪，朝水中一放。（唷，暖暖的水，好舒服呀！）兩個美女默聲不響地為倪大爺濯足。

倪匡有説不出的溫馨、舒服。

「咳！」導演區丁平大叫一聲，美女的動作停止了。

「好！」周圍的人又鼓起掌來：「精彩，精彩。大哥演得真好！」倪匡傻楞楞地望着身邊的人，有點不知所措。

區丁平一個箭步走到倪匡身邊：「大哥，好極了！你真行，自然逼真。」

蔡瀾也走了過來：「倪匡兄，謝謝幫忙，你可以放工了！」

「甚麼？放工！」倪匡嚇了一跳：「這麼快？」

「對！放工！你要拍的戲已拍完了！」蔡瀾説。

「這……這已拍完了？」倪匡大吃一驚：「就這樣——」

「對！」蔡瀾點點頭。倪匡的處男作，就在無驚無險的情況下完成了。

（原來拍戲這麼容易！這鈔票真易賺呀！）

倪匡開始愛上電影，對自己的演出也有了一定的信心。事隔數月，這才知道那天是蔡瀾怕他怯場，刻意把自己灌醉，讓他做一個醉酒的大嫖客。（蔡桑，真不愧是我知己！）倪匡不由得十分感動。

《群鶯亂舞》公映後，人們對倪匡的演出毀譽參半。

有個記者問我：「你跟倪匡先生那麼熟，對他的演出有甚麼意見？」

我回答的是——「根本不曾演出過，能有甚麼意見？」幾個簡單的鏡頭，能代表甚麼？倪匡真正教人刮目相看的，是他在《偷情先生》裏的演出。倪匡從沒受過正規演藝訓練，私底下，卻是一個幽默絕頂的人，反應快，腦筋轉動，比普通人至少快上一倍。説話速度又如機槍子彈，連珠炮發，快速無比，不時聽得朋友拍案叫好，只要他能演回自己，已是一個優秀的喜劇演員。

《群鶯亂舞》倪匡飾演的嫖客

在《偷情先生》中，有一場戲，倪匡手執鑊剷，一邊炒菜，一邊唱歌。那滑稽的表情，的確令人忍俊不禁，僅是這場戲，就有足夠資格問鼎金像獎的最佳男配角。可惜那年的入圍名單裏，沒有倪匡的名字，人們的注意力，始終集中在他的小説上。倪匡知道自己不可能成為天皇巨星，對電影，的確有着濃厚的興趣。隨着電影事業的蓬勃，倪匡拍戲的數量大增。有段時間，一個星期裏，他要拍上好幾天，人人照顧倪大哥，尊敬倪大哥，他的戲份，都不難演，動作場面嘛，當然獨付厥如。有一天，寧波倪匡發脾氣了，問導演：「為甚麼不給我演動作戲？」那個年輕導演一聽，登時嚇呆，眼睛直勾勾地望着倪匡，竟然答上話來。

副導演打圓場：「大哥，拍動作好辛苦呵！」

倪匡一聽，火上加油，「呸」！了一聲：「誰説我不行，你看！」捋高袖子，將粗壯結實的胳膊亮給兩人看：「你摸摸看，比鐵還硬呢！」

導演伸手一摸，不禁「呀」地叫將起來。

原來倪匡那根手臂，的確硬如鋼鐵。

「你可知道，我每天都有鍛鍊自己——」倪匡說：「舉舉重，拉拉槓。游水更是我的強項。」此言非差，倪匡住在寶馬山上（八十年代）時，體重一百二十五磅左右，書房門背後一條軟鐵槓，每天他都要彎上一百多下。這條軟鐵槓，後來我見獵心喜，順手牽了羊。不過，倪匡早已開始練雙槓，那就更棒了。導演和副導演一見倪匡鬧情緒，都不敢出聲。

倪匡嘩啦啦地往下說：「我當過兵，受過訓練，看——」他指住影棚裏的一條木樓梯：「我可以從上面滾下來。對了，劇本裏不是說我滾下來的嗎？好！下回我親自來演！」

那部電影，是由洪金寶領銜主演，倪匡演洪金寶的父親，兩父子有了爭執，倪匡一氣之下，腳一滑，自樓梯頂端給滾了下來。按照導演的拍法，倪匡只要在樓梯的頂端做個滾倒的姿勢就行了，餘下的戲，由替身演出。可如今，倪大爺使性子，要親自上陣，那該如何是好？導演忙了手腳，任憑如何勸說。倪匡總是不聽，堅持要忠於第八藝術。

最後，只好請大哥大大洪金寶出馬。大哥大大一聽，起先也是一怔，繼而笑起來：「好，我去勸勸！」洪金寶並不反對倪匡親自演這場戲，不過，補充了幾句話：「大哥（洪金寶也稱倪匡為大哥，那麼在那時候，倪匡可說是大哥大大大了！）我知道你身手好，可萬一出了岔子，你老身體遭殃，那是小事，拖慢進度，虧了鈔票，那才大事兒呀！」

一聽會虧鈔票，倪匡立時醒過來，他知道，在香港拍電影，爭分奪秒，萬一自己受傷了，不連戲，損失可大。權衡輕重，他只好放棄演出。洪金寶真不愧大哥大大，他帶着安撫的口吻說：「大哥，下趟我開動作片，一定預你一份，好不？」倪匡一聽，像頑童般地笑了。

一場風波，在洪金寶高妙至巧的調停下，化險為夷，難怪倪匡事後對人說：「三毛（洪金寶）真不愧是大哥大大，單看他在片場的指揮若定，真難令人相信他是一個目不識丁的人，難得難得！」

除了電影，倪匡也進軍電視和廣告。他的第一個廣告，並非跟筆有關，而是為一隻日本酒破了處男身。那隻酒叫「養命酒」，歷史悠久。廣告商看中倪匡喜歡飲酒，高價請他拍一個廣告。辛勞三天，掙得幾十萬。倪匡因而說：「再沒有比拍廣告更好賺錢的生意了，我希望多一點廣告商來找我，無任歡迎。」可廣告商沒有上鉤，後來只來了一個照相機的廣告，也是日本的產品，看來日本人對倪匡情有獨鍾。

倪匡不明白廣告跟電影是不同的，通常廣告只能拍一兩個，電視上全是倪匡的影子，一會說某某鋼筆書寫流利，一會兒又說某某相機頂呱呱，那你教觀眾相信你甚麼好？不過，廣告可增加知名度，那是千真萬確的。八十年代中期開始，倪匡的人氣到達了沸點。

滿街滿巷，都在爭說衛斯理。他的「衛斯理系列」小說，每版可銷一、兩、萬本以上，在香港如此狹窄的市場，是一項紀錄。電影改編了他的小說，分由許冠傑，李子雄飾演衛斯理，後來連電視台也改編了他筆下另一個人物原振俠系列，由黎明擔綱主演。

人氣急升，電視台也開始打倪匡的主意。倪匡摯友（倪太眼裏的損友）黃霑，在電視圈十分活躍。這位仁兄，賺錢腦筋，可不比倪匡慢，一個上佳主意，在他腦海裏湧起來。黃霑想到自己跟倪匡、蔡瀾三個人，在飯桌間談天說地，每每能引人發噱，倘果能把它衍化成一個電視節目，哪怕沒人看！論名聲，單單衛斯理倪匡已夠支撐場面，再加蔡才子、黃名嘴，哈哈，號召力爆燈。於是跟倪匡，蔡瀾商量。

倪匡一聽，第一句問：「有多少錢可賺？」

黃霑說：「倪老匡，我辦事你放心！沒錢的事，我黃霑不會幹。」

（唷！深得我心！）

倪匡說：「好！哪快些去辦！你作我們的全權代表。」

黃霑立時挺胸凸肚，朗聲應道：「Ok，I See！」

第一個找的是無線。黃霑原意，這種類似清談節目，最宜無線播映。第一，無線是大台，收視率高，觀眾多。第二，無線財雄勢大，金錢寬裕。

於是，就把構思寫成計劃遞了上去。原以為好快有答覆，豈料石沉大海，對方竟是毫不起勁。黃霑追問。無線先是說要考慮，後來又壓價。價錢跟黃霑原先所要的，相差一大截。黃霑乃倪匡難弟也，上下一條心——向錢看，錢出得不足，又諸多挑剔，巴拉羔子，睬你都傻，轉馱，改向亞視送秋波。

滿以為亞視不一定有興趣，豈料構思甫提出，亞視已視作奇貨可居，不但應承黃霑的所有條件，還給以充份的創作自由。黃霑的構思，跟香艷脫不開關係，無線要求淨化，亞視則要觀眾，照單全收，聲明只要三點不露，粗語不出，任由不文霑（黃霑綽號）發揮。黃霑一聽，大笑。世上那有這樣優厚的條件，連忙應承下來。倪匡，蔡瀾唯黃霑馬首視瞻，哪會反對，於是節目敲定。節目叫甚麼名字好呢？虧得不文霑腦筋動得快，就叫「今夜不設防」吧！既名「不設防」，時間又放在「今夜」，內容自然得要大膽一點，不可拘泥於道德，這正好迎合三大名嘴的脾胃。

倪匡放任，人人皆知。

蔡瀾幽默，早已有名。

黃霑鬼才，世所共悉。

為加強實力，黃霑提議，每集都請嘉賓來助陣。請嘉賓，要講交情。倪、蔡、黃三人相識滿天下，請嘉賓不難，於是節目更精采。嘉賓中，以成龍最具吸引力，他頑皮可愛，在〈今夜不設防〉中，除了述說自己學藝經過外，還破天荒唱了一段花旦戲，腔口圓正，抑揚頓挫，令人刮目相看。還有一次，更加別出心裁，三大名嘴浸在浴池中，跟艷星們大談性經，在香港電視史上，可謂破天荒創舉。

七十年代末，徐聖棋主政佳視宣傳部，推出過一個叫〈哈囉！夜歸人〉的節目，由艷星陳維英主持，限於客觀環境，往往未能暢所欲言。十多年後，轉化為〈今夜不設防〉，大膽放任，青出於藍。三大名

〈今夜不設防〉在報紙上的大膽廣告

嘴，各具特色，倪匡說話速度快，觀眾見他嘴巴未動，已聞聲，卻聽不懂所以然，他的寧波廣東話，沒幾個人能全懂，於是，電視熒屏上破天荒打出字幕。觀眾來信要求打字幕，怕自倪匡開始，他又作了一個創舉。蔡瀾講話，套句廣東俗語，可謂「斷橛禾蟲」，一截一截，許多時，他說了一大堆，還得勞煩觀眾開動馬達，仔細組織一下，方能窺知端倪。說話是黃霑的老本行，五十年代，就出任麗的黑白時代節目〈青年聯誼會〉的主持。因此，說起話來，字正腔圓，流利順暢，加以牙尖嘴利，倪匡等人哪是他的對手，往往給他抽住後腿，反幽一默。奇怪的是熒幕上倪、蔡的趦趄、笨拙，產生了化學作用，恰恰為觀眾帶來賞心悅目的興奮，觀眾都愛倪、蔡兩人「受辱」，這大概是輕微的虐待心理作祟吧！

〈今夜不設防〉越播越受歡迎，倪，蔡，黃三人被稱為名嘴，成為城中「名男」。成為「名男」，身價暴漲，到了第二輯《不設防》時，每人每集拿二萬塊，一月四輯，就有八萬。這個 SHOW 錢，在當年的亞視是頭等價錢。亞視的錢沒白花，〈不設防〉為它帶來高收視和廣告效益，挽回了不少聲譽。倪匡很喜歡〈不設防〉這個節目，他在九十年代的宗旨是「要賺不花氣力的錢」。寫作太辛苦，要勞動，可上電視吹吹牛皮（套用倪匡語），不必花氣力，賺得可觀酬勞，何樂不為。演電視也演上了癮，亞視舉辦亞洲小姐選舉頒獎禮，他也粉墨登場，做司儀，就差點沒為電視拍劇集。如果那時候，有人請倪匡拍劇集，只要出價高，包保無托手踭。

若論成就，在電影、電視方面，倪匡的表現，自然遠不及他的創作。在中國近代文學史上，倪匡於「大眾流行」小說項目裏（個人非常不喜歡這個名稱，小說只有好、壞，好看、不好看，哪有甚麼流行、純文學之分？）有其極具特點的地方，一個一生寫了幾百本各類小說的作家，咱們豈能不給他一個肯定的位置呢！

（七）天馬行空　科幻之父

有人問我倪匡最成功的小説是甚麼？我會毫不猶豫地回答：「科幻小説。」打一九八三年開始，前後不到一年，我寫了兩部關於倪匡科幻小説專書，其一是《我看倪匡科幻》，台灣遠景出版社出版；其二是《細看衛斯理科幻》，香港天聲圖書公司出版（千禧年後，合併為《我看衛斯理》一書）。這兩部書一共分析了十幾本倪匡的科幻小説，包括膾炙人口的《無名髮》、《眼睛》和《尋夢》，寫得粗糙單薄，據説讀者的反應還不錯。如果倪匡的科幻小説不受歡迎，這兩本書還能一下子有這麼不俗的反應嗎？所以，本書無法不另闢一節，專門談論一下倪匡的科幻小説。在談倪匡的科幻小説之前，頗想在這裏記述一件往事。這件事是倪匡跟我親歷其境的，所以百分之百是事實，沒誇張渲染的成分。

一九八四年二月底吧！利源書報社的老闆葉鴻輝邀約吃飯，告訴我約了倪匡在北角「北海漁邨」共進晚餐。匆匆趕去，倪匡已在座，照例菜未到先喝酒，藍帶白蘭地一杯杯的倒，然後天南地北談了一匝，最後話題自然回到書上面。原來利源發行倪匡《亞洲之鷹》小說已到第三集，銷路不俗，因而葉老闆要設宴酬謝倪匡跟我這個介紹人。說到《亞洲之鷹羅開》，葉老闆順口問我所寫的兩本談科幻小說的書中，可曾有提及過？說來不湊巧得很，下筆寫那本書時，羅開才剛出現，《亞洲之鷹》第一集〈鬼鐘〉尚未出世，自然無法把羅開也一併寫進去。

葉老闆半開玩笑的說：「宗弟，這你可不對了，倪大哥的書你居然不是本本看過，又怎能寫倪匡傳呢？」

我呷口酒，反駁說：「呀！倪大哥寫的科幻小說，真是越來越複雜了，衛斯理是一派。接住又出現了原振俠，現在忽地不知從那裏鑽出個羅開，派頭外型跟浪子高達差不多，真教人如入山陰道上，目不暇

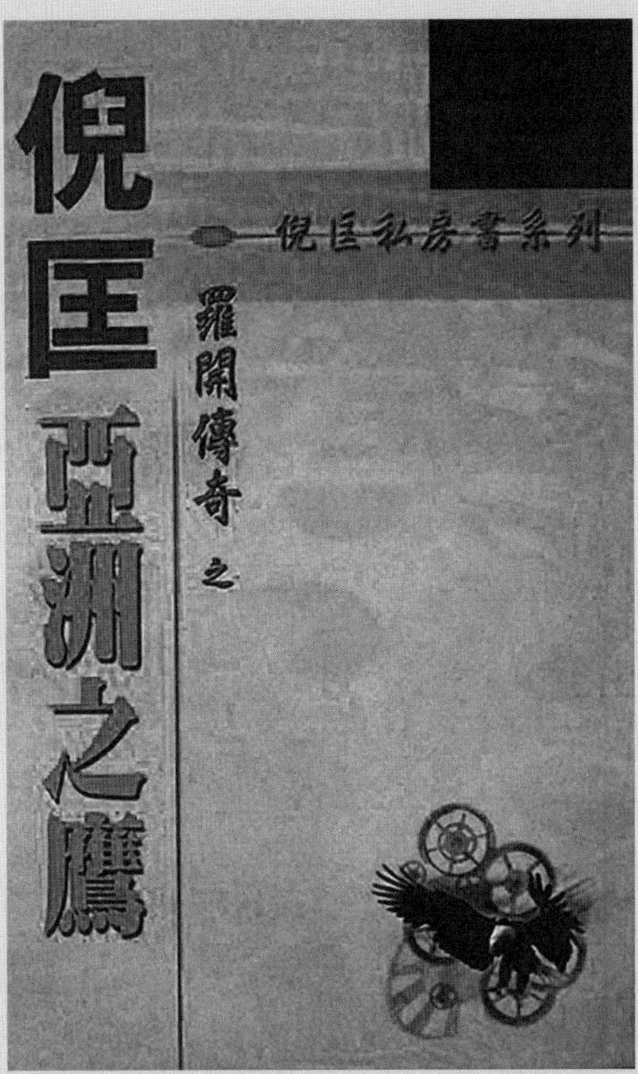

《亞洲之鷹羅開》書影

給，看不完，又寫不盡呀！」

倪匡笑說：「這也好，讓你多一條路攢稿費。」

葉老闆打趣問：「那你以後還會不會繼續寫？」

我，倪匡上身，點點頭：「有錢賺一定寫。」

「北海漁邨」一席飯，的確幫了我好大的忙，對呀！除了衛斯理，還可以寫原振俠，羅開呀！這樣，題材多了，下筆也就容易得多。（可惜，四十年來，關於倪氏科幻的，除了那兩本，甚麼都沒寫過，良可嘆也。倪匡曾對人說：「小葉就是坐不定，好好地寫。」一派遺憾。）那頓飯的而且確給了我不大不少的啟示，我愉快得很。可更大的愉快，是在飯局散掉，走下樓梯的時候。

一聽得嬌聲滴滴的女人呼喚，倪匡立即收住腳步伐不走了。倪匡有句名言，乃是「女人叫我，天塌下來我也不走，尤其是漂亮的女人。」奉行不二，至死不改。

當下倪匡堆起笑容，望住跑得有點氣喘的女侍應，問：「是你叫我嗎？」

「嗯！」女侍應喘了口氣：「倪先生，怎麼那麼快走？」

「吃飽喝醉還不走，幹嘛？」倪匡幽默地。

女侍應的臉上現出猶豫的神情，訥訥地說不上出話來。

倪匡瀟灑地拉了拉脖子上的圍巾：「有甚麼事，儘管說好了！」

女侍應的眼睛溜了兩轉，咬咬嘴唇，立定決心：「倪先生，有兩個人想要認識你！」

「兩個人？」倪匡一怔，還未問清楚是男是女，已經有兩個人影像閃電般的奔至倪匡跟我身邊，套句武俠小說術語，直是：「快如流星，疾似奔雷」，還好不是驚鴻一瞥，而是倩影長留。站在我們面前的，是兩個青春氣息逼人的少女。不獨倪匡呆住，連我和葉老闆也呆住了。耳畔只聽得女侍應在介紹：「這兩個是我的朋友，是倪先生的讀者，知道你在這裏吃飯，特地走來看你，她們在門外已等上一個半鐘頭了！」

「甚麼，一個半鐘頭？」我幾乎不相信自己的耳朵，為了看一個作家，竟然枯候上一個半鐘頭？我退後一步，仔細朝這兩位青春逼人的少女打量，橫看豎看，都不像能等上一個半鐘頭的人哪！如果說是等電視台的藝員、歌手，還不出奇。等作家，有這份能耐，莫非香港讀書風氣真的變好了？倪匡有點感動，不好意思地說：「哎喲！為甚麼要在外面等，進來嘛，我們一塊兒聊！」

「我們不好意思！」其中一個頭髮從左邊梳上去，結成馬尾裝的少女靦腆地說。

「有甚麼不好意思，大家都是朋友嘛！」我插嘴。

那個馬尾少女，看了我一眼：「咦！你不是沈西城嗎？」

一聽如此說，我不由得又倒退了一步，問：「你怎會認得我？」

「我看過你跟倪匡先生的合照，在你那本書上。（原來是託了倪匡兄的鴻福）」另一個蓄短髮的少女說。

「你看過我哪本書？」

「《金庸與倪匡》，一出版，我們便跑去買了。」她有點興奮。

「倪先生，我們真高興見到你，沒有妨礙你吧？」馬尾少女有點不好意思地問。

「沒有，沒有，一點都沒有，」倪匡擺擺手：「我只是惱你們剛才為甚麼不進來找我，你看，現在我們要站在街頭聊天了！」倪匡這份幽默，把兩個小妮子逗笑了。

在某夜街裏，迎着撲面生涼的春風，倪匡、我，跟這兩位素昧生平的少女，天南地北的談了起來。

馬尾少女表示喜歡看倪匡的《不寄的信》，喜歡它有情感。

倪匡回答，將會寫《心中的信》。

我說那不妨來個《天外來信》，以跟科幻呼應。這玩笑連葉老闆都笑了。

我問短髮少女，為甚麼這麼迷倪匡？

她回答：「我看他的《不寄的信》，真是十分感動，老實說，倪匡

《不寄的信》初版書影

先生寫科幻不是不好，不過總是小說，太重情節，情感發揮不出來，《不寄的信》不同了，情濃如血，看得我連覺也不想睡了。」《不寄的信》，為甚麼寫得那麼好，這略去不談。不過，可以透露一點的，是《不寄的信》，信雖不寄，遙遠一方的人兒，卻是可以心領的。如果收信的是一個虛構的人物，而倪匡又不多情，安曷臻此？談了一會，兩位少女要求倪匡簽名，寫下通訊地址，倪匡忙不迭的應承。

馬尾少女意猶未盡，提出請求：「倪先生，送一本書給我好不好？」

「好，我簽上名字，郵寄給你。」跟住脫了眼鏡，接過馬尾少女遞上來的字條，看了看：「唔，新都城大廈，沒錯了吧！」

馬尾少女十分高興地說：「還有，你可得簽上我們的名字哪！」「這個一定，不然你拿了我簽名的書去賣，怎麼辦？倪匡百年歸老後，簽名值錢得很呢！」倪匡一本正經地說。（倪匡如今百年歸老了，我手頭上一本他簽名的書都沒有。他的名字早簽在我心裏。）

提起死，倪匡並不怕，他告訴我早已擬定了扶靈名單，甚至連治喪委員會的委員也預早拜託了。（卅八年後，倪匡兄走了，沒有喪禮，只有訃文，一切從簡。）

「死有甚麼可怕！」對勸他少喝酒的朋友，倪匡通常回敬這一句：「有得喝便喝，人是為自己而活，並不是為別人而活，人生已那麼痛苦，為甚麼還要有那麼多限制？傻瓜！」

倪匡不變，酒要喝藍帶，魚要吃紅斑、方利。女人嘛，自然要美麗過美麗。（傳說此語出自依達。最近求教於依達，回說：「不是我講的。」到底是誰說的，難道是我自己！）這一夜，我終於發現香港原來也有作家明星，讀者在門外等候一個半小時，為的是一瞻心儀作家的風采，難得的還是年輕貌美的少女，倪匡，你的確帥！我有輕微的妒忌。

這個帥倪匡，真是瀟灑之極，右手把圈在脖子上的絲質圍巾拉了一下，左手將眼鏡托上，跟住兩眼往前一晃，立刻扭動身子，朝馬路邊走去。馬路邊來了一輛小房車，倪匡半個箭步躍到車門前，伸手開門，聲音從他的嘴角流了出來：「再見，有空聯絡。」

我定睛往車廂一瞧，原來是倪太駕車充任御林軍，護送倪大哥打道回府。汽車載去了兩位女少的偶像，她們的心沉了下去，熱情也隨之冷去了半截。在春夜街頭上，我只好跟她們道別，背轉身走上自己的路。卅八年了，那夜偶遇的兩個少女，如今怕是中年婦了，她倆可還記得那個春夜的事？她們可有為倪匡的去世而悲哀？

筆走龍蛇，筆鋒開溜，溜離本章的題目，去了四千字，對倪匡的科幻一句也不曾提，不敬之至，好，就此打住，言歸正傳！OK！

倪匡為甚麼會寫科幻小說？在《我看倪匡科幻》（今已絕版）裏，已有詳細介紹過，這裏約略重複一次。大約是六十年代初期，倪匡開始有了撰寫科幻小說的念頭。那時，倪匡所寫的小說，主要分為兩類。一是武俠小說，二是奇情小說。武俠小說嘛，根據倪匡自述，由於金庸「古今中外，空前絕後」，萬不如他，而且自己也寫得過爛，只好擱筆。（註：若干年後，自摑嘴巴推翻此說。）八十年代後，倪匡不曾寫過一篇武俠小說。至於奇情小說，以「魏力」為筆名，寫《木蘭花》，擁有一定的讀者。不過，奇情小說，並非倪匡所創（註：小平出道先他二十年），而且框框太緊，任憑如何奇情，總得有事實根據，所以題材雖不虞匱乏，自覺沒法有甚麼新突破。

「要求突破」，是倪匡的創作信念。他認為一個作家如果把自己固定在一個框框裏，無論寫作技巧有多好，也是枉然，於是他就想找尋可供突破的路綫。機會來了！六三年倪匡在《明報》已經有兩篇武俠小說，分別以岳川和倪匡作筆名。「金庸叫我化名多寫一篇，我說『難道又是武俠小說嗎？那豈非自己跟自己打對台？』他也覺得那不是很好，我提醒他那時占士邦很流行，他便說『那你就寫時裝武俠小說吧，時代背景是現在、但是主角會武功。』便在一九六三年寫了第一個衛斯理故事。」由此可見衛斯理的出現，直是「無心插柳柳成蔭」。

倪匡終於踏上撰寫科幻小說之路。倪匡回憶當時的情景說：「查先生雖然答應了，把握並不大。同樣，我也沒有甚麼把握，心想，管他的，先寫一兩篇把，讀者不受落，那就拉倒！」第一篇科幻小說叫做《鑽石花》，衛斯理這個家傳戶曉的人物就是在這篇小說裏首度登場。可能寫慣了奇情小說，《鑽石花》脱不開奇情的窠臼，科幻氣味清淡如開水，嗅不到。倪匡自己也説過，《鑽石花》是一部失敗的作品，基本上不能稱作科幻小説。

吸收了第一部作品的失敗經驗，倪匡緊接下來的第四部同類小說《妖火》，終於摸到了科幻的門徑。《妖火》題材獨特，種種幻想，再加上科學化的解釋，的確令讀者耳目一新，於是衛斯理的名字逐漸為讀者接受，成為《明報》副刊其中最受歡迎的作品之一。既受歡迎，自然一部一部的接續寫了下去，可自一九七三年初至一九七八年初其間停，停寫了五年，原因是倪匡改行寫當編集去了（參閱第五章），期間亦寫短篇武俠或奇情小說，衛斯理不知所蹤。

倪匡重新執筆科幻，大概是在一九八〇年，這一時期的科幻，跟他前期的比較起來有了很大的不同。倪匡説過：「以前的科幻，我注重情節；後期，情節注重以外，灌入了哲理。」

前期的科幻，可以用下面十二個字來概括，便是——

「氣氛逼人」、「情節詭秘」、「構想奇巧」，卻沒有甚麼內涵，讀者大不了把它當作小説看待，消遣過後，忘記所有，不會深思。

後期的科幻小説，除具有上述的優點外，還加上「説理明白」。千萬不可少覷「説理明白」這四個字，這是倪匡科幻小説的一個大轉變。這個轉變是好是壞，我曾經做過一個採訪，在《細看衛期理科幻》裏面表述過。

採訪的對象當然是那些倪匡的讀者。説來奇怪，倪匡的讀者，一般而言，多限於女性。年齡方面，約是十五六歲到三十歲左右，這些女讀者迷科幻，也迷《不寄的信》，像前面那兩位英皇道上陌路相逢少女那樣，獨迷《不寄的信》的情形，則比較少見。我花了三個星期的功夫，訪問了幾組不同階層、年齡相仿的青年男女，所得答案是喜歡前期的讀者佔的比例較多，可見，讀者要看的仍舊是曲折離奇的故事，有沒有哲理還在其次。

我一連寫了兩部有關倪匡科幻小說論述的專書，儼然被人視作倪匡科幻小說專家。有一日，一個青年朋友，他幹的是新聞行業，想寫一個談論香港周刊發展形勢的報導，特別找我聊聊，無意中扯到了倪匡的科幻，要我發表一下意見。

我也老實不客氣了，稱心直說：「倪匡的科幻小說大約可分為兩期，前期作品寫自六十年代至七十年代初期，以重情節佈局為主，像《老貓》，就是這一時期的代表作。第二期是八十年代的作品，除了情節，還灌入了哲學概念以別前期的重情節刻劃。」這一系列的科幻，連綿十餘年，仍無改變。

朋友問我比較喜歡哪一種？

我回答：「以藝術而論，當然是後期的比前期好，可對一般讀者來說，自然是喜歡前者了。像《無名髮》，到了下半部，耶穌、釋迦牟尼、穆罕默德、老子都出現了，連番議論，讀者看得心煩意亂。」作為一個讀者立場，我尊重那些專揀倪匡前期作品來看的讀者底選擇。一趟閒談中，倪匡問我喜歡他哪一本科幻小說？我直言只精讀過其中八部，精中之精，獨取《尋夢》。倪匡大喜，拍拍我肩膊，道：「小葉，你真乃我知音也！衛斯理故事中，我個人最喜歡的是《一個地方》，但說到最滿意的，《尋夢》故事既曲折又離奇，結局出人意表，始終是我的第一選擇。《尋夢》的靈感是來自我自己的遭遇，我從小就常作一個同樣的夢，後來索性用這個夢當開場，編出《尋夢》中那個完整的夢境。」選衛斯理小說，《尋夢》自是第一。（註：近日我出席倪匡講座，問讀者最喜歡哪一本科幻，大多數人都挑《尋夢》，英雄所見略同。）

倪匡寫科幻小說，本來字號只有一家，便是《明報》副刊。他在《明報》寫了三十年，除了中途出家去編集《蜀山劍俠傳》外，一直沒停過（註：那是最吃力不討好的事。）。可以說，衛斯理是在《明報》

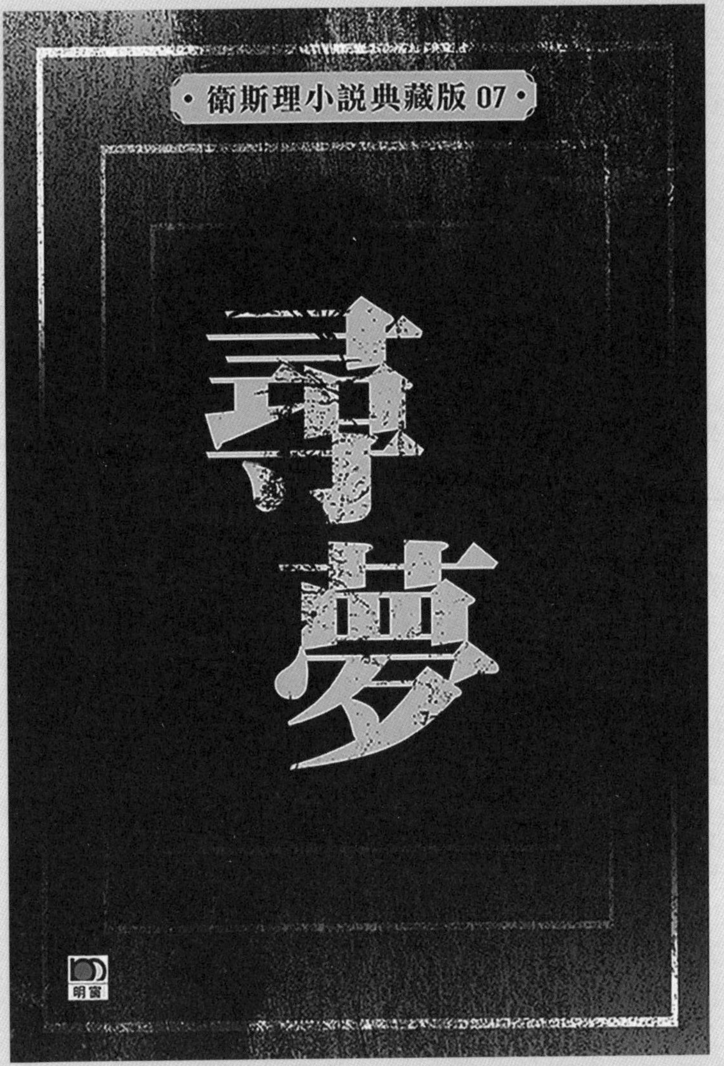

《尋夢》應翻成英譯推廣

長大成人的。

只是，兒子大了，樂得離開母親的懷抱，出來闖一闖，於是分店開設。先是在《東方日報》的副刊。倪匡寫《東方日報》，據說是出自馬惜珍馬老闆的主意。馬老闆找倪匡寫稿，指明要科幻。倪匡回答：「我的稿費好高嘅嚤！」馬老闆有的是錢，一聲「沒問題」，成交。倪匡盜亦有道，可以讓衛斯理橫跨兩報，總不能讓他倆互相殘殺，於是在《東方》裏面出現的衛斯理只是作者一名，而書中人則是風流瀟灑的原振俠，而他的愛人也由白變黃，叫黃絹。（倪匡素喜用布料作為女角的名字，白素、黃絹是也。）

《東方》之後，衛斯理面對花綠綠的鈔票，心開始花了，又在《翡翠周刊》開分店。本來，在《翡翠》之前，衛斯理已在《清新周刊》寫科幻，人物並無一定規定，時而A，時而B。在《清新》寫了一年，衛斯理移師《翡翠》，創造了「亞洲之鷹」羅開這位英勇冒險家。

至此，衛斯理的科幻小說可歸列成三大類，列表說明如下：

（A）《明報》副刊　以衛斯理，白素為主角。（筆名衛斯理）

（B）《東方》副刊　以原振俠，黃娟為主角。（筆名衛斯理）

（C）《翡翠周刊》　以羅開為主角。（筆名倪匡）

這三種小說發表完畢，分別由三家出版社出版，便是明河社、博益和利文。三種小說，名義上均屬科幻小說，細細分析，也有其個別不同之處。

現在先說以衛斯理、白素為主角的科幻小說吧！（以下稱A小說）在我寫過的兩本書當中，曾經對A進行過徹底的分析，為免重複，此處只是約略敘述一下。（讀者如果要想進一步瞭解，可以參閱拙著。）

A小說，可分為前半期與後半期。前半期着重情節多變，而後半期則強調哲理。孰優孰劣，難以判斷，總括來說，這只體現了倪匡的一種改變而已。A小說，不論前期與後期，都不很注重人物性格的刻劃。衛斯理聞名遐邇，可他是一個怎樣的人？通過小說，我們只能說是身手敏捷，頭腦靈活，英俊瀟灑而已，他的內心世界如何？全不知道。

衛斯理似乎是東方占士邦，一切難題到了他手上，都可以獲得徹底的解決，而在解決的過程中，往往也是有驚無險，至多暫時受厄，最後必憑機智，化險為夷。至於白素，除了偶然表現出她的過人智慧外，通常都是作為衛斯理的附庸而存在。仔細研讀他的小說，更覺得，衛、白二人只是倪匡拿來揭破事件真相的工具，並沒有賦以血肉，問倪匡為甚麼會這樣？

他說：「科幻小說不同愛情小說，由於情節太豐富，自然無法多費筆墨來描寫男女主角的感情衝突。」道理當然有，解釋並不一定會為讀者所接受。（至少我並不同意。相交至深常生勃谿。）大概倪匡也發現了這個弊病，在《東方日報》以原振俠為主角的科幻小說裏，作了若干改變。（以下稱B小說）原振俠比起衛斯理，多了一分血肉，他那種倔強、佻皮的性格，令人想起《亂世佳人》裏的奇勒基寶。事實上，世界上最令女人心癢難熬的男人，大抵都如此。看他跟黃娟初次相識，既要保持男性尊嚴，而又甘作裙下之臣等等心理轉折，令人意識到原振俠已不再是書中人物，而是活生生的一個人。倘說衛斯理深受讀者的喜愛，那麼原振俠應該受到更大的歡迎才對。可一直以來，原振俠的知名度遠不如衛斯理，箇中原因，自然是衛斯理比原振俠早出道了十多年的緣故，先入為主，後繼者難以逾越。

時間總是會影響人的，這種觀念在倪匡第三種科幻小說（以下稱C小說）中，得到了更大的發揮。為甚麼倪匡會寫《亞洲之鷹》的故事？說來話長。大約是一九八二年的夏天，倪匡連載在《清新》的科幻小說，差不多要結束了，而《翡翠》剛在那時創刊，而我有幸成為老總。《翡翠》跟《清新》同屬一個機構，為要增加創刊聲威，編緝部決定把倪匡的小說移刊《翡翠》。倪匡小說中，當然以「科幻」為極品，編緝部的同寅一致通過這個建議，我則以為這並不是明智之舉。我向倪匡暗示，倒不如寫一些奇情故事吧，就像十多年前他在《迷你》雜誌裏所寫的《浪子高達》。倪匡當然明白我的弦外之音，於是創造了《亞洲之鷹羅開》這號人物。羅開其實是浪子高達的化身，風流瀟灑，醇酒美人，這一點跟衛斯理、原振俠等有很大的不同，在某種程度而言，他更像一個占士邦。

大概讀者會奇怪，倪匡為甚麼不續寫《浪子高達》的故事，要另創一個人物呢？

不止一次提過，倪匡的創作信念是要求不停突破。人物是創作中不可或缺的元素，人物刻劃成功與否，嚴重影響作品的質素。柯南道爾的偵探小說為甚麼成功，主要是小說中有福爾摩斯這樣一個家喻戶曉的人物，倪匡的科幻為甚麼受歡迎，那當然是跟讀者喜歡衛斯理有所關連。作家總不能永遠寫一個人物，既能塑造出舊的成功人物，當然也有能耐譜寫出新的受歡迎人物，羅開就是基於這種信念底下刻劃出來的。

起初，《亞洲之鷹》是想寫成奇情故事形式的，科幻只佔極少成分，在第一篇〈鬼鐘〉裏，前半部分仍舊採用《浪子高達》的形式，美女層出不窮，情節千變萬化。而羅開也是隨着驚險情節一再展現他的超人智慧，靈敏動作，像《鬼鐘》裏面的雪山小屋遇美等等，着實教人懷念起豹隱多時的浪子高達來。

可到了後來，情節有了很大的變動，「時間大神」出現了，倪匡又繞回外太空人意圖控制地球的老路上去，科幻味道越來越重，奇情成分則越來越薄，究其因，主要還是出自出版社的要求。

在商言商，科幻既是暢銷書種，出版社當然希望倪匡能在《亞洲之鷹》裏加強科幻的成分，以保小說的銷路。於是，《鬼鐘》後，《活涌》、《妖偶》等等，已經洐變為徹頭徹尾的科幻小說，毫無奇情可言了。看得出倪匡寫《亞洲之鷹》的故事是另有一番野心的。香港的文化界中，並不盛行「連作小說」。在日本，這是極流行的一種小說寫作體裁。所謂「連作小說」，便是每集都以同一個人物為主，裏面所敘述的情節，集與集之間，也有一定的牽連，既可拆開閱讀，也可以連接着看下去，由短變長，或由長變短，悉隨尊便，所以很受日本讀者的歡迎。這類「連作小說」，並不易寫。記憶中，香港作家走這條路的並不多，倪匡藝高人膽大，試來頗為得心應手。

這三種小說，各有千秋，讀者選擇看一種，還是三種都看呢？這是我最有興趣想知道的。倪匡寫科幻小說，籠統計算，起碼超過一百部（近二百五十部），他的靈感來自甚麼地方？相信讀者都想知道，對嗎？有人曾作過這樣的推測，倪匡科幻小說牽涉這麼多太空專有名詞，他一定看過不少外國科幻小說，繼而從中偷橋，搬字過紙，只是人物中國化罷了。

呸！這種想法，大錯特錯。倪匡當然看人家的小說，他說過：「作家是要補充的，只用不吸收，慢慢便會枯竭。」所以他規定自己每天都看書。他看書，有一個很古怪的原則，便是凡書都看，不管他好與壞。因而他的知識十分博雜，天文地理，他都懂得。

至於寫科幻，起初只是好奇，躍躍欲試。「我很喜歡幻想，看科學雜誌，裏面常提到外太空，把它說得神秘莫測，引起了我很大的興趣。於是我想，外太空是一個怎麼樣的天地呢？在心中作了種種的設想，最後不僅想，還付諸實行，把它寫了下來。」倪匡解釋了寫科幻小說的原因，七、八十年代，他寫過一篇叫做〈聚寶盆〉的小說，描寫銅盤上面有電磁。結果不多久，科學家真的在地底發現了類似的銅盆，經過研究，發現其功能跟倪匡所描寫的不謀而合。可見倪匡所寫的科幻小說，並非單純幻想，而是多少有所根據。

有人擔心寫了百多部科幻小說的倪匡，靈感會出現枯竭的現象。對此，倪匡並不同意。「我覺得寫作沒有甚麼靈感可言，作品是逼出來的。像我，幾十年來，每天不停在寫，從來沒試過寫不出作品，只要閉上眼想想，除了寫作，還能做甚麼？再想想，不寫作，沒飯吃了，哪還能不寫嗎？至於科幻小說，可供寫作的題材並不少，只要肯去發掘，就可以發掘到科幻素材。」（三藩市歸來，古稀老翁終於發覺寫作配額用完，輟筆離場。）

倪匡的題材廣泛，像《寶狐》，靈感來自聊齋。倪匡說道：「《聊齋》裏面，有不少可供發展成科幻小說的素材，像狐仙，便是最現成的。為甚麼狐狸會成仙？撇開迷信，加以科學化解釋，就可以寫成科幻小說。」（誰說的？大哥，你行，別人未必行呀！）倪匡不止一趟向我表示過，《聊齋》裏面有不少獨立篇章，是可以改寫成科幻小說的。當然，像報章上所刊登的世界奇聞，如果肯好好地去探索，一樣可變成科幻小說。在一次閒談當中，我向倪匡提出了非常笨拙而又有趣的問題：「你寫科幻，有沒有打腹稿？就像查先生寫武俠小說一樣？」倪匡哈哈笑起來：「腹稿，我寫小說從不打稿，不過故事的大略情節，總是有的。到了正式寫作，便會變動，有時候簡直面目全非呢！」倪匡說的是真話，一九六九年創作《湖水》，「本來打算寫一個關於鬼上身的故事，後來因為那樣的想法實在不能為當時社會所接受，硬把事件扭曲說是人為，變得不倫不類了。」倪匡耿耿於懷，十年後寫《木炭》，坦白承認靈魂的存在。「因為期間我親身經歷了至少兩件鬼魂事件，都是無法使用任何的科學角度解釋清楚的，不由我不信。」

倪匡寫科幻小說的秘訣，大約有兩點：

（A）發掘詭秘題材，像《寶狐》來自《聊齋》，便是一例。

（B）擅用奇巧心思，有好題材，而沒有心思，也屬徒然。

科幻小說，在中國，雖不屬倪匡首創，無可諱言，是到了倪匡手上才逐漸發揚光大起來，他堪稱「中國科幻之父」。現在，內地、台灣，都有不少作家在撰寫科幻小說，暫時沒有一個能超越倪匡的成就。無論內地、台灣，所出版的科幻小說，都擁有一個類似弊病，便是學術氣味太濃，其中尤以台灣的張系國教授更甚。學術氣味一濃，小說便變得不好看了。（近日有人推薦我看劉慈欣，未曾細看，暫不予置評。）須知科幻小說不同科學論文，讀者並不一定要求每一樁怪事都有合理解釋，相反，他們會捨本逐末，先講求迷戀那種疑幻疑真的境界。張系國的科幻小說，無疑寫得十分用心，在學術上大概有它的價值，對一般讀者而言，則肯定缺乏閱讀趣味。至於內地的科幻小說，近年文化政策稍告開放，仍然有其框框，作家在撰寫時，對情節，過於深思熟慮，未敢肆意鋪陳，欠缺空靈奔放。此所以，以目前來說，中國科幻，只有倪匡一家，並無分店。倪匡今隨黃鶴去，此地已無好科幻。

八十年代末期至九十年代初期，倪匡的創作欲十分旺盛，每年約可出版二至四本科幻小說，包括衛斯理和原振俠。衛斯理在《明報》連載，而原振俠也由《東方》轉到《天天日報》。說起來，原振俠由《東方》轉移《天天》，有一個故事，同我有關。話說，某天，《東方》副社長周石（已故）在我往交稿時，忽然對我說：「倪匡的小說，我想停一停。」我聽了，大大地吃了一驚，倪匡的小說也要停，那麼還有甚麼小說可登呢？丈八金剛摸不著頭。

問原委。周石表示：「我看過不少倪匡的作品，不過爾爾，所以不想登了。」這是我第一次聽到有人說倪匡的科幻「不過爾爾」。就這樣，原振俠就在《東方》副刊上消失了。

事後，我問倪匡。倪匡一聽，哈哈大笑：「我要《東方》加稿費，增幅好大，他們捨不得，所以就不登了。」（真的？馬老闆腰纏萬貫，從不吝嗇。）

原來如此。我捨不得原振俠，憐惜地說：「大哥，千萬不能讓原振俠消失，你得寫下去！」

倪匡眉一抬：「寫下去不成問題，可是登在哪呀！」

那時候，我在《天天》上班，靈機一觸：「大哥，我替你想想辦法！」第二天，我去找韋建邦（那時，他是《天天日報》的主要負責人），向他推薦倪匡的原振俠，滿以為會推卻，豈料韋建邦一聽，喜上眉梢：「那太好了，倪匡先生肯為我們《天天》寫，那太好了！」

我說：「可——倪匡兄的稿費不便宜，要八千塊。」

韋建邦連眉頭也沒皺一下，就答應了。那時，倪匡在《東方》的稿費是九千元，八千元寫《天天》，可算優待。我摸不著頭腦，倪匡一向計較稿費，為何肯便宜給《天天》？

倪匡說：「《天天》賺錢不如《明報》和《東方》，自然要少收一點嘛！」嘿，原來盜亦有道。後來，我才知道，倪匡有點兒「感恩圖報」，這就是倪匡的性格，率直，講義氣。

原振俠從此在《天天》刊載，直至九二年某天，才停止。（到了一九九五年七月，原振俠又復活了，換成自己握筆撰述生平冒險歷奇，那是我覺得很失敗的作品。）至於《亞洲之鷹羅開》，隨着《翡翠周刊》結束，早已煙消雲散，至多在衛斯理的傳奇中，偶一露面而已。

八十年代是倪匡科幻小說最興盛時期，香港三大出版社「明窗」、「博益」、「利文」爭相出版衛斯理，原振俠和羅開等傳奇。而台灣方面，自然也不會錯失良機。先有沈登恩的遠景出版社，包下了倪匡衛斯理系列科幻小說的所有版權，依序出版。倪匡樂不可支，這為他帶來額外的版税收入。

聽說在八十年代，倪匡一年的版税收入，連台灣計算在內，超過四百萬港幣。作家能有這樣豐富的收入，怕只有倪匡一人了。（金庸版税也算不少，惟他兼營報業，故不能以專業作家看待。）

後來，「遠景」出現了狀況，倪匡的版税不時給拖欠，倪匡十分不滿。他向我吐苦水：「小葉，沈登恩這個小子，欠我不少錢，真要命！」誰都知道倪匡花錢如流水，你不讓他花錢，那還了得？天王老子也翻臉。

「哪咋辦？」我有點擔憂。

倪匡一攤手：「山高皇帝遠，難道我宰了他。算了！我把版權拿回來，此後錢、銀兩訖，各不相干。」倪匡把版權拿回來，轉手給了台灣皇冠出版社。「皇冠」是台灣一家實力雄厚，歷史悠久的出版社，創辦人是平鑫濤夫婦。平鑫濤的太太就是名聞亞洲的女作家瓊瑤。倪匡早在八十年代初期去台灣時，就認識了瓊瑤，港台兩大作家一見如故，奠定日後合作基礎。「皇冠」得到了衛斯理版權，自然大喜過望，不僅裝幀瑰麗高雅，精緻絕倫，在宣傳上也不惜工本，務求將衛斯理更推上一層樓。事實證明，「皇冠」這一着走得異常成功，「衛斯理旋風」先在台北颳起來，然後延至台南，台中和台東。不到三個月，全台灣的人都知道有衛斯理的存在，這是台灣出版界的奇跡。

一直以來，台灣出版界的排他性都很強，外地作家絕難在台灣立足。然而這道鐵門，在八十年代初期，卻給砸開了。給砸開的，先是金庸的武俠小說，繼而就是倪匡的科幻小說。（之後，再難有香港作家能越過關卡矣。）金庸，倪匡這對好兄弟同一時候，在台灣登陸，迅即成為台灣書界的寵兒。先不說金庸，僅倪匡的衛斯理，每種都能銷過一至兩萬冊，那時衛斯理多達五六十種，銷量直過一百萬冊，試算一下版稅，哪還了得？聽倪匡說，「皇冠」每半年付給他的版稅，都過一百萬港元，對作家而言，再沒有比收取這樣豐厚版稅更好的事了。由於作品暢銷，連帶舊作，也成為台灣各大出版社爭奪的對象，《風雲時代》捷足先登，出版了《異人》等一系列的科幻小說，銷路不錯。總而言之，倪匡科幻，以衛斯理最暢銷，原振俠居次，羅開第三，年輕人，公主等則緊隨其後。

說到衛斯理得以順利出版，真要感謝一個人。話說，金庸成立「明窗」之際，經理哈公（許國）有鑑好小說難求，就嘗試出版衛斯理。問題來了，原來倪匡沒有剪報習慣，《明報》資料室裏，衛斯理的連載也不齊全，那如何是好？

正自彷徨之際，天外救星來了，一個名叫溫乃堅的讀者，送來大疊剪報，全都是衛斯理初期的連載。溫乃堅（已逝）是一個詩人，常在報上發表新詩，他對衛斯理情有獨鐘，每日剪存貼簿，原是為了方便自己參閱，不意成為了倪匡賺錢的工具。倪匡對溫乃堅，自然是感激不盡，他請了溫乃堅吃飯，並在序中公開多謝他。可以說，沒有溫乃堅，衛斯理縱使能見天日，也不致如今那樣完整無缺。

人怕成名豬怕壯。人成了名，喜事、麻煩接踵而至。不少出版商都覬覦衛斯理，利源書報社的葉老闆，便就是其中一個人。

八十年代初，我跟天聲圖書公司（今已歇業）的老闆鄭雪魂交好，常結伴到寶馬山道倪匡豪宅作客。有一天，倪匡忽然嘆息，埋怨「明窗」出得太慢，版稅又給得不夠快。

鄭雪魂一聽，乘機說：「大哥何不找個其他的出版社試試。」

倪匡說：「這談何容易，我跟老查聊過，他說如果有人一次過跟他買下衛斯理，他就讓我過檔。」

鄭雪魂一聽，問：「那要多少錢？」

倪匡眉頭一皺，心算飛快：「大概要一百多萬。」

媽呀！一百多萬，買已出版過的書，數目委實驚人。挨到鄭雪魂皺眉了。我知他一向吃了豹子膽，如果是二三十萬，定會一力擔承下來。

鄭雪魂頓了一會：「大哥，可不可以分期付款？」

倪匡一聽，笑起來：「阿鄭，這筆錢可不是我收的呀！還有，老查有可能是一時之氣，一但分期，分分秒秒會收回成命。」

鄭雪魂是機會主義者，哪肯輕易的放棄！「倪大哥，這樣吧！讓我想想法子，三天內給你一個答覆，好嗎？」

我連忙幫口：「雪魂兄頭腦靈活，不打無把握之仗。」欲教倪匡放心。

倪匡聽罷，笑道：「那好，我等你們三天。」

下山時，我問鄭雪魂何處去想辦法，大剌剌一百萬，除非去打劫銀行。

鄭雪魂說：「我有一個生意上的朋友，說不定有興趣，他有能力把那一百萬承擔下來。」

回到「天聲」，鄭雪魂連忙撥電話。談了兩句，臉上綻開笑容，說：「好好！明天七點在麗華樓（早已歇業），吃飯。」第二天晚上七點，我和鄭雪魂依時到達麗華樓，等了片刻，有兩個男人走進來。其中一個身材矮小，穿深色西裝，鼻樑上架着金絲眼鏡，態度從容。另一個身材魁梧，年紀看來遠比穿西裝的年輕。鄭雪魂連忙站起來相迎。

年輕伙子說：「對不起，阿黃沒空，我們老闆來了。」他指了指那個中年人：「葉鴻輝先生。」

鄭雪魂大喜過望，遞上名片之餘，不忘也把我介紹上去。雙方握了手，坐下，喝了幾口茶，言歸正傳。

葉老闆一聽，說：「我對倪匡的科幻小說當然有興趣，但一下子拿一百萬買書，而且買的又是舊書，似乎冒險了一點。」

鄭雪魂說：「這也不一定，我們可以重新包裝，還有，不要忘記，倪匡會繼續寫下去，有新作面世，新帶舊，這盤生意做得過。」

葉老闆沉吟了片刻：「這事我也不能一個人作主，要回去開會，問一下董事的意見。」

鄭雪魂怕葉老闆不答應，說：「葉老闆，我們可以合作，我可以出三十萬。」葉老闆笑了一下，沒作聲。這頓飯吃得很暢快，鄭雪魂充滿了希望。

過了兩天，葉老闆回電來了，表示希望一見倪匡，親自聊聊。倪匡不反對，於是由我和鄭雪魂陪着葉老闆，下午闖倪府。太陽落山，倪匡不喝酒，手上捧着茶，把跟金庸之間的協議仔細說了遍，葉老闆聽了，說：「我是有興趣，不過這樣龐大的數字，還得董事會通過。」

倪匡是一個急性子，說：「不能拖了，再拖，老查會變卦。」

又過幾天，葉老闆沒回音，我打電話去問，葉老闆訕訕地說：「董事會不通過。」就這麼一句，平白錯過了賺大錢的機會。

若干年後，葉老闆感喟地說：「如果當年我們大膽一點，現已賺好幾百萬了！」衛斯理的小說，嗣後，風起雲湧，高據暢銷榜榜首，「羅開」為「利文」賺了不少錢。

「不是你財不進你袋」，此乃天意難違。我、葉老闆、鄭雪魂注定沒有發財命。後來，鄭雪魂因生意失敗，負債還不清，宣告失踪，轉眼三十餘年，不曾晤見。至於葉老闆，其後跟我頗多往還，這裏面又有一段小插曲。葉老闆放棄了全面收購衛斯理科幻的計劃，卻依然死心不息。恰巧倪匡跟「博益」因版税問題，弄得不快，想找另一家出版社出版科幻小說。轉告葉老闆，葉老闆大喜過望，忙說：「我來我來！」

我嗆他：「不用開董事會了嗎？」

葉老闆白我一眼：「小事我拿不了主意，還得了，嘿！」跟倪匡一說，一拍即合，水到渠成。

這本小說，叫做《通神》，是「利文」出版的第一部倪匡科幻小說。自此，打開了合作之門，《亞洲之鷹羅開》，就由「利文」作系列式出版，彼此合作愉快。

跟倪匡合作，有其愉快一面，也有其痛苦一面。

先說愉快！首先是他交稿快和準，定明甚麼時候交，就甚麼時候交，絕不拖欠。其次是作品有一定水平，銷路也有必然的保障，那是說，準封了虧本之門。

至於痛苦的一面，呀呀，難為了葉老闆，倪匡賣文規矩，一是先錢後貨，跟「利文」交易，也復如是。出版《通神》，按例先收版稅，五千本，抽百分之十五，即一萬五千元，不能說少。葉老闆一聽，不禁皺眉，連聲說：「那有這樣的規矩！那有這樣的規矩！」

倪匡朗聲聲說：「有！那是我的規矩，不行，拉倒。」倪匡一急，上海話出口。葉老闆望向我，我點點頭，吁口氣，乖乖屈服，照付如儀。在付《通神》版稅時，葉老闆是咬緊牙根，拼了老命似的，隨着

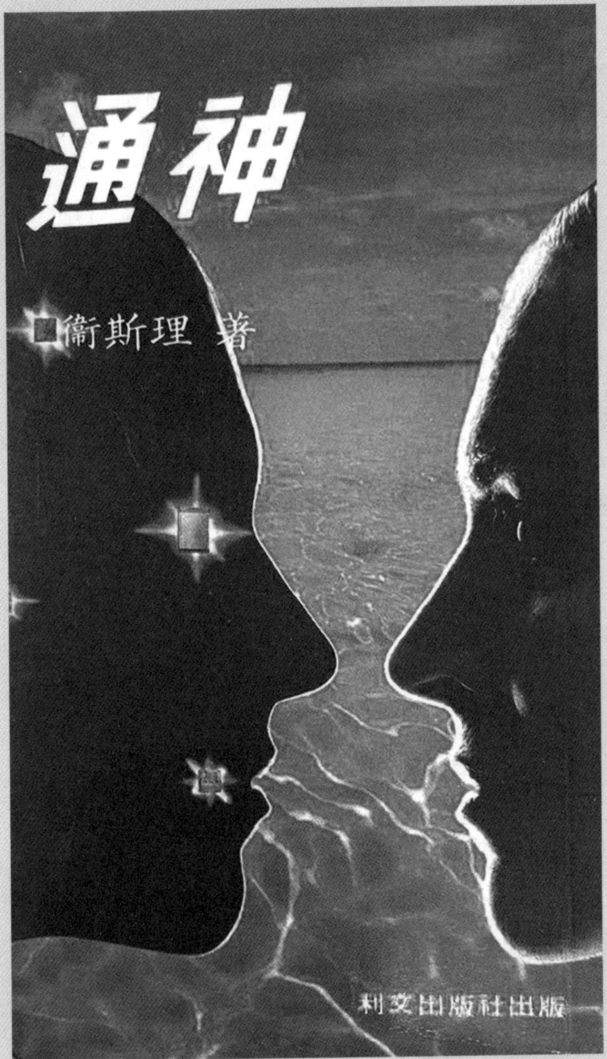

利文出版社版本的《通神》

日後的合作愉快，他一反被動而爭取主動，搶先付版税，然後乖乖等稿。再過一段時期，葉老闆給倪匡預付了好幾本小說的版權。

還有一種痛苦，非外人所能知道。倪匡收版税，不包括税項在內，那就是不能為他報税，全由出版社自理。對出版社而言，毋擬是雙倍支出。最後還得應付倪匡的舉債。

「喂！阿葉呀！我是倪匡。」倪匡的電話一打到利源書報社葉老闆的辦公室，葉老闆必然為之發抖。來者不懷好意，通常脱不開下面幾個動機：

（一）埋怨書出得太慢。

（二）要求先付版税。

（三）請代繳税項。

後兩項要求，數目非不小，通常都是十至二十萬港幣，葉老闆好生為難。因此，不止一次，葉老闆向我吐苦水：「宗弟呀！你介紹倪匡給我，可說是幫了我忙，同時也害苦了我，沒有一個作家像倪老大那樣令人又愛又恨。」（註：倪匡交稿準，從不拖欠，可他真的欠了「利文」兩本小說稿。移民三藩市後，無法繳交。葉老闆吃了啞虧。）

倪匡在「利文」，大大賺了一筆。後來，要求的版稅越來越高，直達百分之二十，葉老闆連災苦苦支撐，實在沒法經營下去，正自惶惶無依之際，救星出現了。八十年代末期，香港文壇冒起一位女作家梁鳳儀，她在男友黃宜弘（後結為夫婦）支持下，開了一家叫「勤＋緣」的出版社，除了出版自己的長篇小說外，還準備出版其他名家的小說。她向金庸洽談收購衛斯理科幻小說之餘，還想壟斷倪匡所有科幻作品。湊巧的是梁鳳儀的小說有部分經由利源發行，葉老闆就趁此機會，跟梁鳳儀洽談，將手上《羅開》系列，悉數轉讓給「勤＋緣」。

梁鳳儀，女中丈夫，雄心勃勃，不但覬覦《羅開》，茅頭亦指向其他科幻小說。她希望葉老闆能把利文名下部分的倪匡作品賣給她，讓她湊足全集出版。葉老闆正想脫難，一聽，正合吾意，立即應允，於是成交。自此，倪匡的作品，大部分售與「勤＋緣」，梁鳳儀的出版社，更形茁壯。

九二年初，一向跟倪匡合作無間的《明報》，也起了變化，金庸決定把大部分的股權，轉讓給由于品海領導的智才集團。政見不同，倪匡在副刊上的地盤漸漸不穩，加上要移民三藩市，衛斯理的連載便停止了。「最後連載的《禍根》只連載了一半便停了。」倪匡黯然回憶著。促使停筆，是當時《明報》拒絕刊登倪匡一篇批評中國共產黨的文章。倪匡堅持「既然不願意登，就通通別登！」單行本改由「勤＋緣」出版，之後所有《衛斯理故事》都是直接出書的，每本大約九萬字，開始時，稿費是十八萬，後來略有增加。

於是，在《明報》副刊登載了三十年的《衛斯理》消失了，這不但令廣大的讀者心傷如絞，也讓出版社的老闆平白不見了一大堆鈔票。梁鳳儀正當盛年，拼勁衝天，自然不會放棄爭取衛斯理的機會。她主動找倪匡談洽。

要找倪匡，不是隨便撥個電話就可以，那顯示不出誠意。為了隆重其事，梁鳳儀在「皇朝會」擺了一席酒請倪匡。

倪匡叫我同去，他說：「梁鳳儀這個女人十分好玩（這是倪匡口頭禪，有趣的人，願意做朋友的人，統稱「好玩」。），而且難得的是有錢，肯出版，小葉你有甚麼稿子，賣給她好了。」聽到有錢賺，又怎能不乖乖聽命呢！

來到「皇朝會」已是高朋滿座，梁鳳儀的摯友黃宜宏也列了席，一見倪匡，肅立行禮，畢恭畢敬，逗人發笑。倪匡坐下，自然喝酒。酒過一巡，梁鳳儀開門見山，說：「倪大哥，我想請你為我的『勤+緣』再寫衛斯理。」

倪匡雙眉一攢，不慌不忙地說：「衛斯理寫完了。」

「甚麼？」梁鳳儀怔了怔：「那怎會？衛斯理不會死！」

倪匡喝了口酒：「《明報》不登了，衛斯理不就完蛋了！」

「你可以跟我寫。」

「發表到哪裏去？」倪匡問。

倪匡與黃宜弘、梁鳳儀共聚

「不用發表嘛，乾脆寫一本書好了！」黃宜宏插嘴。

「你是要我專寫一本書？」倪匡訝然地問。

「對！就像你以前寫《花木蘭》一樣。」梁鳳儀說，顯然她是做過調查工作，有備而來。

「這個——」倪匡沉吟了一會。（好個倪匡！一聽有錢賺早已直了眼，還在裝蒜，真他媽的，有種！）

「怎麼樣，倪大哥可有甚麼意見？」梁鳳儀問。

「不是不行，不過，我的稿費嘛——嘿嘿！」

「好貴！對不？」不待倪匡說，梁鳳儀就接了下去。

「你知道就好！梁女士！」倪匡古惑地笑了一下。

「我給一千字一千五百塊，好嗎？」梁鳳儀提議。

「一千五百，哈哈哈……」倪匡仰天打了個哈哈：「那是老價錢，上個月就漲了。」

「甚麼，漲了？」梁鳳儀嚇了跳。

「現在我的稿費是一個字兩塊，九萬字十八萬！」倪匡神色自若地報了價。

此言一出，滿座皆驚。十八萬寫一本小書，那還了得！（葉老闆一定嚇個半死！）

這時，座上十幾隻眼睛，全投向梁鳳儀，看她如何作答。好個梁鳳儀，氣不喘，色不變，望着倪匡，銀牙一咬：「好！十八萬就十八萬，甚麼時候交稿？」

倪匡料她會答應，連消帶打：「甚麼時候付錢？」

「你說？」梁鳳儀反問。

「最好現在，」倪匡一舉酒杯：「梁鳳儀的劃線支票我收，別的，我收現金支票。」

梁鳳儀快人快語，拿過皮包，打開，取出支票簿，「霎霎霎」地寫好，撕下，塞到倪匡手上：「現金支票，甚麼時候可以看到衛斯理復活？。」

「兩個禮拜吧，他會來找你。」倪匡把支票往內袋一塞：「喝酒！」

梁鳳儀，黃宜弘舉杯：「願我們合作愉快。」

「一定愉快！一定愉快！怎會不愉快，你們給錢，我給稿，一定愉快！哈哈哈！」

十八萬一本衛斯理，會有錢賺嗎？許多人都說梁鳳儀做了賠本生意，可是以梁鳳儀之精明，又真的會做賠本生意嗎？不妨算算！

《衛斯理》新書定價約是三十五元，發行價六五折，實收二十二元七角五仙。書的成本，一本約在十元，一本有實利十二元七角五仙左右，一萬本收回十三萬。其時，《衛斯理》的小說最低可賣一萬五千本。那就是說，若賣完的話，可收回二十萬，比對之下，還有兩萬塊可賺。雖云薄利，可出版《衛斯理》，對一家新的出版社如「勤+緣」者，自可提高聲譽，因此絕對不能算是賠生意。倪匡私下問過我，拿十八萬，梁鳳儀有錢賺嗎？如實相告。倪匡說：「梁鳳儀真精明，比葉老闆膽子大得多——。」我反問倪匡如果說賠本，你會減價嗎？賊嘻嘻地，扮了個鬼臉：「你説哩！」説真的，十八萬一本書，並非人人有膽出版，即使是金庸，也會望而卻步。

自此，倪匡新的《衛斯理》全歸梁鳳儀所有，至於「明窗」和「博益」出版的衛斯理和原振俠，全是以前舊作，只是編個新版而已。

倪匡在三藩市，除了享受退休的生活外，閒中就是撰述衛斯理自娛。而難得的是梁鳳儀仍舊一本一本地出版下去。直至——咱的大哥，寫作配額用完。

倪匡不滅！衛斯理不滅！倪匡去了，衛斯理仍不滅！他會傳流，傳流！

（八）作協風波　舌戰群儒

一九八七年，香港一班文化界朋友忽然有一個奇特的構想，何不把文化人組織起來，匯成一股力量，不但有利於香港文化的推動，亦有助於文化人之間的團結。發起此議的是怪論專家，「哈公」許國。自一代怪論名宿三蘇去世後，哈公承其餘緒，成為香港獨當一面的怪論大家，不獨《明報》刊其怪論，連第一大報《東方》也重金禮聘。一時之間，哈公人氣手擴大，成為文壇重鎮。有感於香港文化界宛似一盤散沙，亟待重整組合，於是在某趟的茶局中，提出組織團體的計劃。當時在座的有後來撰寫文人軼事出名的吳敬子、對哈公執弟子之禮的吹公譚仲夏。兩人一聽，拍腿叫好，舉腳贊成，並即時推舉哈公為發起人，負責聯絡各方文人，以期盡快成事。

哈公呷了一口酒（他是著名酒鬼，無酒不歡）。說：「好，我即辦！」以哈公當時在文化界的地位，他振臂一呼，各方響應，團體組織很快就具雛形。哈公拉攏的，都是當時的文化名士，名單長，不能盡錄，略舉一二，以見其盛，計有倪匡、胡菊人、梁小中、黃維樑、金庸、黃霑、張文達等等。其中以金庸肯加入成為會員，最出人意料之外，他素來不喜俗禮，答允參與，自是衝着倪匡的面子。

有了一定的基本架構，必得選一個「龍頭」（咦，咋有點兒黑社會的味道？）以策其事。吹公屬意哈公。哈公笑說：「多謝多謝！多謝賞面，不過以我的名氣和地位，似乎還未能當龍頭之任，我心裏面有兩個人選，無論名氣，才幹都在我之上。」

吹公忙問兄：「哪兩位？」

哈公照例呷口酒：「一位是我的老友兼老闆查先生（金庸），一位是我的小兄弟倪匡。」

吹公一聽，連忙拍手：「對之極矣！這兩人的確是理想之選，有勞哈公去游說。」

哈公說：「這個當然，既然我提人選，應由我一人去籌謀。」

過了兩天，哈公帶了消息回來，好壞參半。先說壞的，金庸請辭。好是，倪匡答允，出任會長。吳敬子聽了，不但沒失望，還欣喜莫名，他說：「金庸才高八斗，可比較嚴肅。倪匡做會長，那就可有得鬧，我贊成。」率先舉手。

吹公說：「我不反對，但其他的人呢？」

哈公說：「倪匡人緣好，沒有人會反對（後來證明哈公錯了），不過，倪匡有個意見。」

「甚麼意見？」吹公心急地問。

「他不贊成組織叫爬格子協會或寫作人協會。」哈公說：「他說除非改名，否則他不參加。」

「改甚麼名字？」吳敬子問。

「改作家協會，」哈公大口喝了一口啤酒：「他說咱們操筆桿的，不應太過妄自非薄，甚麼寫稿佬、爬格子，都不好聽，乾脆叫作家。」

「好好好！」吳敬子大力拍手附和：「倪大哥乃性情中人，在香港幹我們這一行，真的是受盡烏氣，希望這個會能令我們威風一下。」（妄想，癡人說夢！）原來，當哈公、吹公、吳敬子三人茶聚商擬計劃時，為怕人家訕笑，為組織立了一個名字——「寫作人協會」。哈公好詭，還建議叫作「爬格子動物協會」，想不到都給倪匡否決了。經倪匡一說，組織就定作「香港作家協會」（這是香港有史以來第一個正式作家協會）。

正了名，着手組織，由於發起人名頭夠，響應的人不少，一下子就有一百多人加入協會。第一次會員大會，在銅鑼灣新都戲院隔壁大廈地牢舉行（賓士域保齡球館舊址），出席的人，人山人海，我也去湊熱鬧。我原非甚麼作家，只在報刊上塗鴉，倪匡對我說：「小葉！你大哥帶頭搞作協，你得加入成為會員。」我略一遲疑。

倪匡虎眼一瞪：「不捧場嗎！？」我只好乖乖就範，立刻填表，登記，成為「作協」會員。當大會移開布幔，一看幔上字體，才知道當天是「作協」首屆會員選舉。由哈公唱名，各人投票。聽呀聽，忽然倪匡大聲叫：「我提名小葉、沈西城做會員。」

這時，眾人目光齊向我投來。我一向是飄泊的浪子，金庸責我做事不集中，《明報》因而不願用我，最後連寫作的地盤也給砸掉。這樣的無行「文人」，若能成為會員，如何能膺方面之寄？正想推辭，已有不少會員伸出手以示支持。呀！細細一點，人數不少呢！我朝倪匡瞧過去，正好看到他的鬼臉。嘿！原來是倪匡搞的把戲！他把我抬上了枱子。

就這樣，我糊裏糊塗做了「作協」會員，後來，大會選理事，我居然又成為理事。不僅如此，而且一路做了好幾屆。（今「作協」已名存實亡。）

有了理事會，自然得選會長、主席，於是理事仝人聚在一起，推選會長，論資歷人望，金庸自是首選。無奈金庸早已表示無心擔負任何銜頭，只願做個普通會員，因而連理事也不中選，再推下來，怕就是倪匡、胡菊人和哈公。可哈公久病去世，於是只剩下倪、胡兩人對峙的局面。

選誰好呢？當時，「作協」陣營裏，有兩派勢力，一派支持倪匡（這自然包括我在內，投桃報李嘛），一派認同胡菊人。前者認為「作協」是個「白相」組織，不必大執著、拘謹，倪匡不拘小節，作風豪邁，由他領導，可謂深慶得人。

後者則視「作協」為代表香港文學的主要集團，大可跟「作聯」頡頏（另一文學團體，大部分會員來自左派報章、雜誌）。基於這個信念，會長必須由行為端正，循規蹈矩的學者來擔任，胡菊人無論哪個條件，都符合這個資格。於是，「作協」剛發軔，已出現溫和的鬥爭。為了公平，大家以投票決定。

結果倪匡獲勝，出任會長，對胡菊人而言，倒沒有甚麼，然而他的擁護者，卻大不以為然。尤其是黃維樑博士，一向崇拜胡菊人，提倡純文學，對倪匡出任會長，多少有點不滿。民主自由，少數服從多數，反對派也只好忍氣吞聲，出席就職大會。

「作協」除會長外，還設副會長，胡菊人當選會長失敗後，理所當然成為副會長，而梁小中，黃維樑等亦出任副會長。至於張文達，由於文筆好，輩份高，大家推舉他出任秘書長，負責文書工作。吹公公關佳，任總幹事。

笑笑談談的「作協」會長好白相，又有放浪的沈西城，出乎意料之外地，居然變成正宗文學團體，而且還登記為不牟利有限公司。倪匡出任會長，十分興奮。有人勸他貴為「作協」會長，以後言行舉止要特別小心。倪匡大聲笑：「有甚麼要注意的，我又不是甚麼道德家，只要不害人，小甚麼心！」

會員稱他會長，倪匡促狹地說：「不是會長，我是會——長。」

三級笑話，原是倪匡的拿手好戲（比不文霑更高明。）「會長」變「會——長」，真是可圈可點。有人聽了，大不以為然。倪匡瞪了他們一眼，說：「噢！難道你不想長，要短嗎？」衛道之士聽了，焉能不掩耳，大呼上帝！可在我們這班好鬧好玩的小鬼而言，有這樣一個會長，那才夠過癮——呀！

那時（八十年代末），「作協」有甚麼活動，我們都是第一個響應。春節聯歡，場面哄動，觥籌交錯，大部分的會員都喝得帶有醉意，而每趟醉得最厲害的，就是咱們的會——長倪匡。倪匡好酒，人人皆知，然而酒量非深，則非人人所知。XO、藍帶是倪匡的摯友，大約半瓶下肚，倪匡的舌頭就會打結，說起話來不斷重複。到這時候，我就知道倪匡已有百分之五十酒意。再喝下去，到 XO 還剩下三分之一之際，倪匡的說話速度越來越快，額上開始冒冷汗。換了別人，必然停杯，或者先歇一會，然而咱們的倪匡會——長，可不懂得節制，他常說：「酒是我最好的朋友」，絕對不能輕棄這位好友，於是人家倒給他，他照喝如儀。

一杯後一杯，臉也不紅，許多人不知道倪匡快醉。一瓶盡，再開一瓶，喝了四分一，倪會長打噴嚏了，一連十來個，不停。這說明會──長醉了。

糟！糟！倪會長真的醉了。人家醉，大不了就伏在枱上睡覺，或者呆坐不動，甚或大吵大鬧。倪匡與眾不同，他會偷偷溜。

「小葉！我倦了！（請注意：是倦了，不是醉了），先走一步。」坐言起行，立即走。即使主人家，有頭有面的人挽留，他也不會給臉，一定要走。人家會覺得奇怪，好端端的，為甚麼要走？只有我知道，倪匡已醉得不省人事，言語不清，記憶模糊。

因為是會──長，不少會員自然恭敬送倪匡上的士，的士一到，倪匡就像滾球一樣，滾了進去。的士絕塵而去，瞬即不見。人人都在誇讚倪匡的酒量，只有我知道，明天！明天有好戲看了。

果然，第二天一清早，床頭的電話響起來。拿起聽，傳來倪匡那獨有沙啞，速度有如機關槍的嗓音：「小葉！昨夜我做了甚麼？怎麼回去的？」我告以真實情況。

倪匡半信半疑，反問：「真的嗎？我還説過甚麼？」把他説過的複述一遍，故意加一句：「還有，你拿了我一千元。」

他猶豫地：「我真的那麼説過！我怎麼會忘記？」接著叫起來：「喂喂喂！拿你一千元，小鬼，勿要裝腔！」起初還道倪匡裝聾作啞，後來才知道他説的是真話，他連袋裏的錢怎麼不見了也不知道，卻記得不曾拿過我一千元，媽的，倪匡不好騙！

嗣後，倪匡自己訂出一個方法，十二字真言——「醉後所説，一概作廢，信者自誤。」我硬著要替他多加兩個字，「哪兩個？」「哈哈！」於是，他也哈哈。有了這十四個字，朋友就不會怪責倪匡了，而他也就心安理得。一旦酒醉，更是放浪形骸，無所拘束，反正説的都是屁話，不用負責。所以熟悉倪匡的朋友，在他醉後，無論説甚麼，做甚麼，都不會當真，更不會放在心上。

「作協」有這樣的一個會長，亦非人人歡迎，甚至有人大起反感，想把倪匡轟下台。然而，倪匡的擁護者，總比反對者眾，那班別有用心的人，無計可施，只好忍氣吞聲，找尋時機「起義」。

「有心人窺伺無意人」，總會有機會。機會來了，賦與這機會的人便是「作協」總幹事譚仲夏。譚仲夏，人稱老譚，這個老字，有兩個意思，一是指其年紀老，已逾花甲，二是一種親暱的稱號。無論哪個意思，譚仲夏都欣然接受。老譚為人直爽，一起喝茶，結賬時，總搶在前頭，所以人緣很好。他還有一個特點，就是好吹，甚麼事，落在他身上，他都照吹如儀。說得好聽，是「向人臉上貼金」，難聽一點，則是俗語所云「擦鞋仔」，不過所吹所擦，全無惡意，人也不以為忤。而老譚也因而越吹越勁，哈公生前好謔，一次乘興說：「好，你這樣喜歡吹，就叫吹公好了，我是好罵，你是好吹！」

換了別人，定不接受這個稱呼，唯獨咱們的老譚，居然欣然接受，自此逢人都自稱「吹公」，洋洋自得。其吹捧功力，實已非同小可，凡事經他一吹，莫不馬到功成。他的吹功，為「作協」吹進了社會名流「景泰藍大王」陳玉書來擔任名譽會長，其後更吹入了「街市大亨」周起鴻、「皮革大王」區永熙，功勞不在少，因而許多時都有點飄飄若仙的感覺。

友好茶聚，一說到「作協」，老譚必然逸興遄飛，頻說：「沒有我，哪有『作協』！」他的太太柳女士在旁杏眼圓睜，盯住他，着他不可亂講話。老譚不服，跟柳女士抬槓：「不是嗎？我是發起人，『作協』經費，大多由我籌措，事實俱在，我這話哪有錯？」好友們都不放在心上，一則是敬老，二則的確又是實情，毋容置辯。

然而，話傳到敵對派的耳朵裏，就不是味兒。你這個老譚，仙風道骨，弱不禁風，算老幾？居然口出狂言，不揪你下馬，誓不為人。於是，雞蛋裏挑骨頭，要推翻老譚。

那時，「作協」用了個楊姓女秘書，年約三十歲，身材十分惹火，不少男會員，常借故跑上「作協」搭訕。老譚一向自命風流，對這個女秘書，不能說有意，嘴巴上佔佔便宜，總是有的。於是敵對派們利用這個秘書，挑老譚的錯處。錯處終於找到了，原來「作協」賬目，經常不清，財務理起賬來，總不能平衡。敵對派知道後，滿懷高興，暗中策動反攻。

不知是哪個兔崽子，跑去廉署告密，說「作協」有人貪巧，要求調查。廉署接報，基於「作協」為社會有名團體，自不敢掉以輕心，立即派員跑上「作協」查賬。「作協」賬目一向由老譚管理，廉署查賬，矛頭直指老譚。老譚給請去廉署總部飲咖啡，要求解釋。

老譚一頭霧水，不明所以。廉署遂打開賬簿，逐項跟老譚對查。檢查結果，嘖嘖嘖，笑死人！原來只差了幾十塊。這可連廉署的調查人員也怔住了，怎麼會這樣？雖然，賬目少了一角，也屬違法，但勞師動眾，只有幾十塊的不明賬目，未免小題大做。

老譚解釋：「有可能是平日的雜項預支，一時大意漏了記。」廉署自然接納解釋，告誡老譚日後一分一毫也得照記，不可有誤。

「作協」給廉署調查，引起理事會的注意，開會研究。幾乎所有理事都想知道告密者是誰？廉署自然不會公開，可告密者早已呼之欲出。不過，理事們都想追查幕後的主使者，告密者沒有人撐腰，那會有這樣的膽量呢？當然，要揪出那個幕後人物，並不容易，也沒有人會在事敗後，坦然承認。然而，若細心推敲，仍舊有脈絡可尋。「作協」理事都是明智之士，早已了然於胸，只是顧及對方的面子，才不明言。

第一招扳老譚不倒，幕後人仍不甘心，再施他計，經他們左轉右插，東尋西攥，終於有了眉目。某天，「作協」收到一封信，指有人偽做會議紀錄。偽造者，不消說，自然是老譚。信件指出有一個會議在老譚界限街的寓所舉行，時間是某月某日。而那一天，「作協」根本沒有開過甚麼會，這無疑是指控老譚利用「作協」名義擅開會議。信件末端直斥老譚濫用權力。

茲事體大，如何是好？「作協」收到這封信，也不知所措。問老譚，老譚也茫然不知頭緒。到底是甚麼回事哪！為了要澄清這回事，敵對派要求開大會。那時，倪匡正在生病，生的是膽石，腰部異常疼痛，許多應酬都不能去。然而這個大會，如果倪匡不出席，那麼老譚肯定會被鬥倒，這如何是好！倪匡的脾氣人人皆知：倔強、自信。他説不來，沒人勸得他聽。

眼看老譚坐以待斃，同情他的人，個個都心有不忍。終於我的誼兄黃仲鳴想到一個法子，找着我説：「沈老三，你最熟悉大哥，就由你陪着老譚去看大哥，勸他出來主持一下大局吧！」我聽了，頗覺猶豫，雖然那時與倪匡已相交近二十年，自問沒有甚麼把握勸得大哥出山。然而，當看到老譚那期待、乞憐的眼光，實不忍拒，於是就點了點頭。

一大早上，我跟老譚驅車到寶馬山道倪匡的寓所。那時，他已搬到七寶大廈，地方一千呎，比起賽西湖大廈巨宅，大有不如。客廳頗凌亂，旁邊擱着橫匾，倪匡的書房也小得可憐。他日間在那裏寫作，晚上就打地鋪睡，他正跟倪太在冷戰！在客廳裏坐下，傭人送上茶，倪匡懶洋洋地從書房出來，臉客有點憔悴。一坐下，就説：「這幾天病得厲害。」説時還用手搓了一下臉。

老譚向我打了眼色，示意我先說。我只好把事情一五一十地說了。倪匡搖着扇子，聽着。好不容易把來龍去脈說清楚。倪匡笑說：「女人一到四十麻煩就多，搞甚麼個鬼，老譚怎會是這種人？」

我說：「對呀，老譚好委屈，大哥你不出來，咱們不知怎樣應付。」

倪匡沉吟了一會，沒答話。（這打破了他的記錄，他反應之快，世莫罕其匹。）

我說：「這趟是主持公道，我們並不是跟他們鬥。」

老譚也幫腔：「會長，你一定要出來呀！」垂頭喪氣，一副可憐相。

倪匡拍了一下腿：「媽拉羔子！一天到晚搞事，文章卻寫不好，媽的，我就去。」一派慷慨赴義。此言一出，我跟老譚都拍起手來。倪匡肯出來，那就好辦了。

老譚看到了黎明前的曙光。我可有點擔心：「大哥，你的病不礙事吧？」

「不怕，吃了幾帖中藥，有點轉機。」倪匡揉了揉肚子：「小葉，放心，這點小病，還拿不了我小倪匡的命呢？（嘿，居然認小！）」拍一拍胸口，英雄蓋世。倪匡會出來主持大局的消息，頃刻傳遍「作協」。支持老譚的個個眉飛色舞，敵對派則聞風色變，倪匡的氣勢令人生畏。

大會在「作協」會所舉行。座位擺成長方形，倪匡，胡菊人居中。兩邊坐滿理事和會員。在那時，老譚的支持者，除了倪匡外，還有阿樂，雪笳李等人；而敵對派則以李默為首，支持者是胡菊人，黃維樑等學者。有人先起來數說老譚的罪項，其中最主要的自然是偽做會議記錄

指控完畢後，老譚起來答辯。好個老譚，不慌不忙地說：「有關偽做會議記錄一事，我是冤枉的。現在我呈上會計師樓的一封信，請你們過目。」說完，取出一信遞與胡菊人和李默，兩人一看，立即變

了色。原來按香港法律，有限公司每年在法定時間，必須上報會議記錄。那年「作協」沒開大會，會計師要交差，只好偽做一套記錄虛應其事。

「如果說偽做，還倒是真的偽做的。吵出去，第一個沒命的，是我們的義務會計師，我們好意思去害人嗎？」老譚這一來可威風了，大聲地說：「所以不問清楚就胡亂指控，不但用心險惡，而且卑鄙無恥。」老譚得勢不饒人，把數月來的積屈，全抖了出來。只聽得李默等人臉一陣紅，一陣白。

老譚往下說：「關於說我貪污，也是害我的命，如今，廉署查過了，還我清白。如果有人懷疑賬目不清，大可向理事會投訴，不必去報廉署。老實講，我阿譚雖窮，還有點骨氣，怎會貪圖這一點小數目？想當年我老譚做導演，一部電影，收入也遠遠超過這個數目……」老譚越說越激動，倪匡阻止住了他：「老譚！好啦，事情清楚了，不必多說。」老譚住了口。

李默等人吃了一記悶棍，立時改變槍頭，投訴阿譚辦事不力。倪匡說：「首先我們要搞清楚，『作協』這個會，根本是弄來白相白相，沒人認真過。在香港，你想『作協』能做些甚麼？『作協』的會場是用於聚會，喝喝茶，聊聊天，甚至有人用來打麻將，這倒不是甚麼大事。女人家嘛，不要搞這麼多事！」倪匡虎眼圓睜，望向李默。李默給倪匡這樣一瞪，慌了手腳。跟住看到千百隻眼睛，都向自己身上招呼，一動氣，哭了起來。

女人哭，男人怕，這是對可愛的女人而言。擁譚派此時對李默並無好感，那會覺得她的哭聲動人，反而暗暗稱快。只有敵對派的頭兒們，才慌了手腳，有幾個觀音兵，忙遞過紙巾，讓李默揩去她的英雌淚。

胡菊人望了倪匡一眼：「倪匡，我們是在討論問題，不是罵人。」

倪匡也不示弱：「我沒罵人，我在說實話，是誰報廉署，是誰說老譚偽做會議記錄，咱們『作協』要團結，不搞小動作。有甚麼事，說出來好了，不要耍手段。」

胡菊人啞口無言。

倪匡接説：「在背後捅人。這種行為，絕不能帶來『作協』。」

胡菊人的臉皮抖動着，黃維樑也不吭一聲。大會就在不和平、不友善的氣氛下結束。大會結果，擁譚派大勝，這是正義的勝利。正義的人都不喜歡人背地裏耍手段。

這場大會後，又到「作協」第二屆改選。敵對派心心不忿，想在大選中捲土重來，當他們一探問會員的動向後，登時冷了半截，原來大部分的會員，都偏向倪匡。倪匡的魅力，真是無法可擋。可敵對派心有不甘，即使敗退，也不肯予「作協」睡個安穩覺。由李默他們帶頭，以不滿「作協」行政混亂為借口，登報脱離「作協」，實行一拍兩散，削弱「作協」實力。

當時脱離「作協」的會員真不少，有胡菊人、黃維樑、馬龍、林保華、容若等等。「作協」經此一役，元氣大傷。

「作協」若干理事接到「退會」通知時，曾請教過倪匡的意見。倪匡左手持酒壺（他有一個扁形酒壺，裏面注滿白蘭地），右手撥扇，洋洋自得地說：「由他們去吧；民主自由，他們有權這樣做。倒是胡菊人，呀……太好人了！就是不問情由。」倪匡跟胡菊人相交很久，倪匡一向推崇胡菊人，反而是胡菊人卻不大欣賞倪匡的作品和作風。胡菊人在「作協」這場風波中，很明顯地是受到了別人的利用，他以為是正義，實則助紂為虐。聽老譚說，原來胡菊人跟他還有點私人恩怨（是何恩怨？未有明言），因此老譚總以為胡菊人是借此機會報復！是耶非耶？不得而知。不過，從這趟的理事會中，胡菊人厲聲批判老譚的態度看來，胡菊人不滿老譚，則是鐵一般的事實。

「有人的地方就有鬥爭」，這一句話沒錯。想不到一個「作協」小小的組織，也出了這個情況。文人相輕，文人弄權，通過這場鬥爭，全都給反映了出來。倪匡在這場鬥爭中，扮演了相當沉重的角色，而他的果斷精明表現，消弭了這場鬥爭所引起的嚴重分歧。無可否認，「作協」經過這場無理可講的鬥爭後，元氣大傷，再不復創辦時的那種氣勢。哈公泉下有知，真不知作何感想？

經過這一起事件，倪匡對「作協」顯得意氣闌珊，他是一個有始有終的人，既為會長，仍然支持「作協」的每項活動。第二屆理事就職典禮在香港怡東酒店舉行。會長自然是倪匡，副會長則一致推舉由朱蓮芬女士擔任。朱蓮芬為「作協」，作出了鼎力的支持。她將名下的一層物業，以最低廉的價錢租與「作協」作會址，每月象徵式的收一元租金。同時，對會務，也積極推動，「作協」由她任副會長，輔助倪匡，可謂牡丹綠葉，相得益彰。

為了隆重其事，向敵對派展示力量，「作協」請來曹司憲廣榮來主持儀式，一班人興高采烈地跟曹司憲合照一幀。如今細看此幀合照，當年在台上的人，大多已不在香港。

阿樂移居加拿大。（今回流香港）

雪笳李長住蘇州。（今年中亡）

倪匡在三藩市做寓公。(〇五年回港，今年七月去世)
蘇賡哲在多倫多。(已回流)
陳玉書做他的社會名流。(前年故去)
黃百鳴忙於他的電影公司。
黃仲鳴任教樹仁。
而我，年已古稀，奄奄待去。

倪匡與香港友人共聚：（左起）陶傑、蘇賡哲、倪匡、李怡、黃毓民

（九）風流自賞　台港紅顏

倪匡是佻脫的，是調皮的，認識他的人，人人知道。然而佻脫至何種境界？調皮至何種程度？相信非跟他有深厚感情的人，不會知道。從表面上看來，倪匡是隨和的，在他面前，人人平等，因而有不少人以為倪匡視自己為摯友。其實大不然，倪匡把朋友在心中，分列了等級，有些是摯交朋友，有些是普通朋友，有些是點頭朋友，相識滿天下，知心有幾人？倪匡的知心，約有下列幾位：

（一）金庸：兩人年齡不同，間亦會拌嘴，金庸的學問，素為倪匡所佩服，曾不止一次稱金庸為活字典。有甚麼不懂的字句，只要一個電話去問金庸，甚麼難題都會解決。倪匡說真不明白，金庸的腦袋是甚麼來着，甚麼都能儲存其中，簡直比電腦更利害，人家一目十行，他是一目千行，過目不忘。倪匡從不輕易稱讚人，偶然為友寫序文，略一捧場外，對金庸可謂推崇備至。

列金庸為倪匡的知交，倪匡不會反對。

（二）張徹：在七十年代初至八十年代中期，張徹是倪匡的好搭檔，張、倪組合，雄霸天下，成為賣埠和票房保證。八十年代中期後，張徹減產，兩人的關係才轉變。

張徹是倪匡第二個佩服的人，他說張徹是「和稀泥」，似軟實硬，才思縝密，運籌帷幄，不遜金庸，然而，個性較執拗，欠缺圓滑，在事業上，就不如金庸。張徹那手書法，卻令倪匡佩服不已。在他寶馬山的家中大廳裏，掛了張徹手寫的條幅，集蘇曼殊句——「風雨樓頭尺八簫，何時歸看浙江潮」，龍飛鳳舞，盤旋有致。這幅條幅一直跟着倪匡，從賽西湖大廈，到天寶大廈，再西遷三藩市，成為倪家客廳的第一點綴品。

（三）黃霑：倪匡很欣賞黃霑，說這個人十分好白相。「白相」

是上海話，即「有趣」。倪匡交友，最重「有趣」，太刻板，那就索然無味。跟倪匡持相反意見的是倪匡的太上老君倪太，視黃霑為第一損友，列作黑名單頭號人物。（為何如此，容下有敘。）倪匡跟黃霑有不少相同的嗜好，喝酒啦、聊天啦、寫文章啦、泡妞啦，唯一不同的是對音樂愛好之不同。

黃霑喜歡較通俗的音樂，尤喜爵士。倪匡，說出來沒人相信，最喜歡交響樂。在賽西湖大廈時期，不用寫稿時，常聽交響樂，用兩個大喇叭播出，天搖地動，倪匡自得其樂。這些網羅各式樂器於一爐的交響樂，彭彭彭，很能刺激倪匡的靈感，聽過後，往往下筆如飛。

（四）蔡瀾：論年紀，在倪匡的知交中，蔡瀾最小，但兩人的交情早始於七十年代初期，當時蔡瀾在「邵氏」做個無實際權力的製片經理，終日在房間裏寫字，而倪匡已成為邵氏最紅的編劇。倪匡欣賞蔡瀾的見識廣博，尤其是旅遊方面的知識，蔡瀾敢稱香港第一。而蔡瀾則佩服倪匡的寫作才華和對人生的獨到見解。蔡瀾曾接受《閣樓雜誌》

訪問，坦率承認受到倪匡人生觀的影響。

倪匡移民後，蔡瀾未能忘情，有空外遊，都抽空去三藩市看望倪匡，在自己的專欄中，不時報導倪匡移民生活。倪匡有友若此，夫復何言！

除了上述四位朋友，依我的了解，倪匡似再也沒有能稱得上知交的好朋友了。那麼我呢？我又算甚麼？

不妨由倪匡夫子自道吧！有一個晚上，倪匡跟我喝酒，我忽然問問「大哥，我是不是你的好朋友？」

倪匡搖搖頭說：「不，不算是。」

我一怔！有點不高興。倪匡忽然看了我一眼，神情蠱惑，我知道內裏必有玄妙。果然，呷了口XO，輕描淡寫地道：「小葉，我把你看作是我的弟弟。」我這才知道，這多年來，我在倪匡心目中，是一個甚麼樣的地位，因而斗膽說，倪匡四位知交外，還得加我這樣的一個異姓弟弟。（註：最近有斗數家趙崇邦兄列出倪匡命盤，稱之為罕見奇盤，有云：「倪匡命宮對宮是武曲星破軍星，乃有前無後的人；加上兩粒凶星地劫和地空，聚於同宮，實為『另類』思維，再加天馬星，為天馬行空另類人也。倪匡的成就線『兄友線』有文昌文曲星成一直線，但文昌比文曲好所以寫文字比講話強。惟有巨門星座文曲星，那說話也具有說服力的。倪匡八字有四火，性格衝動、剛烈、倔強；你的命盤有四水，平和、靈活、溫婉，水克火為財也，命中注定你倆的關係情如親兄弟也。」（附命盤參考）難怪倪匡處處維護我，即便犯錯，亦不指責。惟本來，倪匡還有一個知交的好友古龍，可惜早故，因而不列其內。惟倪匡跟古龍的交往，仍可輕帶一筆。

古龍本是香港人，在香港混，混不出名堂，於是跑到台灣去。起初寫《蒼穹神劍》一類的傳統武俠小說，不見精采，後受日本新派武俠小說的影響，另闢蹊徑，寫《流星蝴蝶劍》、《天涯明月刀》這類別出心裁的武俠小說，這才揚名天下。古龍性格高傲，從不服人（他連金庸也不服），只服倪匡，他稱倪匡為大哥，倪匡也稱他為弟弟，兩人

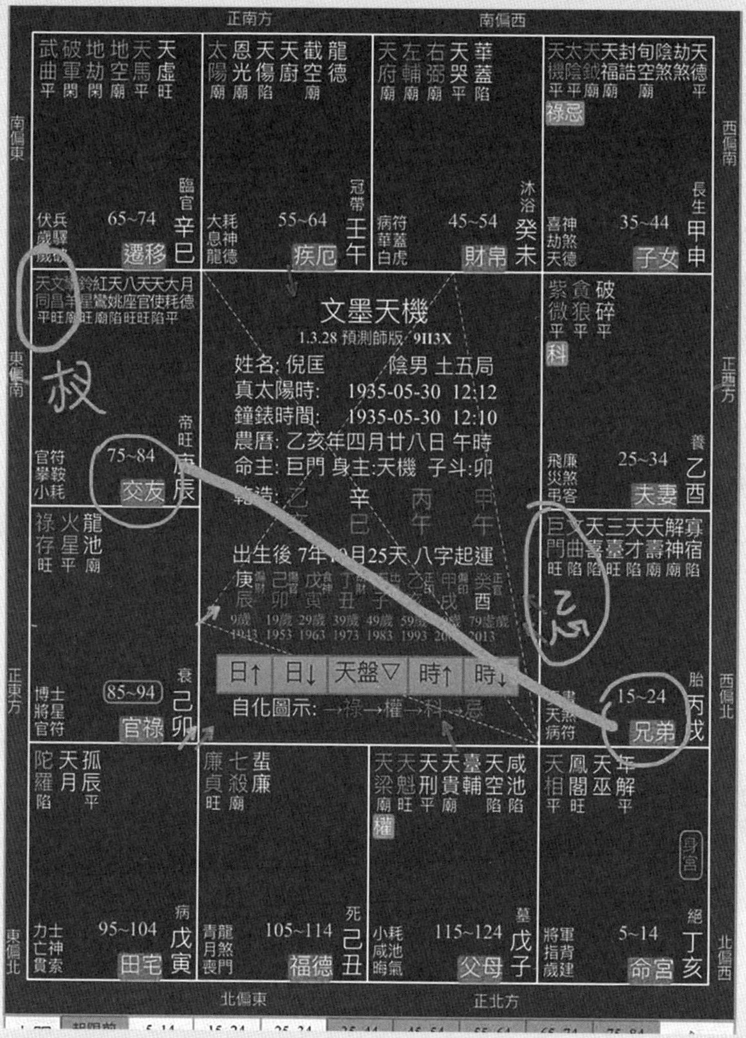

倪匡命盤

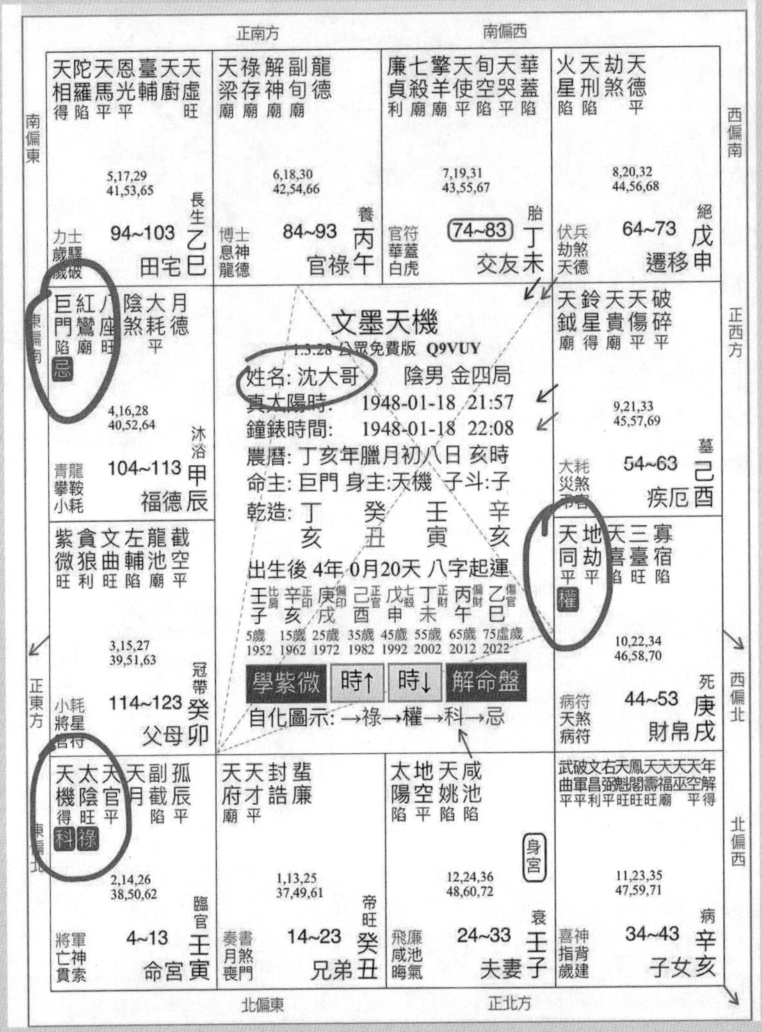
正南方
南偏西
南偏東
西偏南
東偏南
正西方
正東方
西偏北
東偏北
北偏西
北偏東
正北方
天陀天恩臺天天 相羅馬光輔廚虛 得陷平平旺
5,17,29 41,53,65
長生
力士 歲驛 歲破 94~103 乙巳 田宅
天祿解副龍 梁存神旬德 廟廟廟廟
6,18,30 42,54,66
養
博士 息神 龍德 84~93 丙午 官祿
廉七擎天旬天華 貞殺羊使空哭蓋 利廟廟平陷平陷
7,19,31 43,55,67
胎
官符 華蓋 白虎 74~83 丁未 交友
火天劫天 星刑煞德 陷陷平
8,20,32 44,56,68
絕
伏兵 劫煞 天德 64~73 戊申 遷移
巨紅八陰大月 門鸞座煞耗德 陷廟旺平
忌
4,16,28 40,52,64
沐浴
青龍 攀鞍 小耗 104~113 甲辰 福德
文墨天機
1.3.28 公眾免費版 Q9VUY
姓名: 沈大哥 陰男 金四局
真太陽時: 1948-01-18 21:57
鐘錶時間: 1948-01-18 22:08
農曆: 丁亥年臘月初八日 亥時
命主: 巨門 身主:天機 子斗:子
乾造: 丁 癸 壬 辛
亥 丑 寅 亥
出生後 4年 0月20天 八字起運
壬子 辛亥 庚戌 己酉 戊申 丁未 丙午 乙巳
5歲 15歲 25歲 35歲 45歲 55歲 65歲 75虛歲
1952 1962 1972 1982 1992 2002 2012 2022
學紫微 時↑ 時↓ 解命盤
自化圖示: →祿→權→科→忌
天鉞鈴天天破 鉞星貴傷碎 廟得廟平平
9,21,33 45,57,69
墓
大耗 災煞 弔客 54~63 己酉 疾厄
紫貪文左龍截 微狼曲輔池空 旺利旺陷廟平
3,15,27 39,51,63
冠帶
小耗 將星 官符 114~123 癸卯 父母
天地天三寡 同劫喜臺宿 平平陷旺陷
權
10,22,34 46,58,70
死
病符 天煞 病符 44~53 庚戌 財帛
天太天天副孤 機陰官月截辰 得旺平陷平
科祿
2,14,26 38,50,62
臨官
將軍 亡神 貫索 4~13 壬寅 命宮
天天封蜚 府才誥廉 廟平
1,13,25 37,49,61
帝旺
奏書 月煞 喪門 14~23 癸丑 兄弟
太地天咸 陽空姚池 陷平陷陷
身宮
12,24,36 48,60,72
衰
飛廉 咸池 晦氣 24~33 壬子 夫妻
武破文右天鳳天天天年 曲軍昌弼魁閣壽福巫空解 平平利平旺旺旺廟平得
11,23,35 47,59,71
病
喜神 指背 歲建 34~43 辛亥 子女

沈西城命盤

性格相似，皆是性情中人。

倪匡逛歡場，一擲千金，文壇有名，古龍更甚，揮金如土，錢財從不放在心上。古龍去跳舞，有一習慣，喜歡送戒指，一見美麗的小姐坐過來，就會抬起那葱葱玉手，把戒指套上去。戒指並非「朱義盛」，而是貨真價實的鑽戒，要五千元一顆，一晚送上五六隻，單是這筆費用，就要好幾萬港幣。不送戒指，便送鈔票。據倪匡說，古龍許多時會携着一個公文包，到了舞廳，公文包一放，跟小姐劃拳，他贏，喝酒，摸小姐們的粉臉，輸了「啪」的打開公文包，任由小姐拿錢。每趟跳完舞後，公文包必然空無一物，而咱們的古大俠則會醉態可掬地仰天大笑道：「哈哈哈……咱們明天再來。小妞們，可歡迎？」歡迎歡迎，熱烈歡迎！小妞們紛紛送上香吻，古龍臉頰兩邊紅。

明天的錢哪裏來？這還不容易，打個電話向出版社預支版稅便行。

古龍喜歡「先花未來錢」，紅了自然有這個權利。一通電話打去，出版社的負責人哪敢不從命，乖乖把錢送上古寓，他就在合約上劃押，完成交易。因此，古龍身後，欠了不少出版社的稿件和鈔票。古龍患的是肝病，進了榮民醫院，倪匡從香港飛過去看他，勸他少喝酒！古龍笑道：「大哥！你是我生平第一知己，人人來探我，都叫我戒酒，只有你叫我少喝！」倪匡知道要古龍戒酒，比死還難受。這一點，古龍絕對做不到。在醫院偷偷喝，出了院，起初少喝，後來膽子大了，大喝，又恢復昔日的鯨飲，終於吐血入院。這一進院，再也出不來，盛年未過，撤手塵寰，欠下一大堆債。古龍出喪，債主臨門，人人噤若寒蟬，倪匡憋不住，出去應對，大罵債主無情。債主見倪匡出頭，只好怏怏而回。

為了使古龍死後能在「天國」喝過痛快，倪匡、王羽在古龍的靈柩裏放了許多許多的XO和藍帶。每說到古龍，倪匡就說：「我總覺得古龍還在，昨天晚上我們還有通話呢！」真聽得人毛骨聳然，卻也看得出倪匡對古龍那份真摯的感情。倪匡愛古龍，不獨表現在感情上，在事業上，也處處提攜。第一個引進古龍小說來香港的，是倪匡，古龍脱稿，倪匡為他捉刀。有一個報刊編緝，遇到古龍脱稿，彷徨不知所措，有人提議他找倪匡。編緝打電話給倪匡，要求「捉刀」，說：「倪先生……一萬個放心……我們付的稿酬跟古龍一樣。」

倪匡哈哈兩笑：「你搞錯了吧！我的稿酬，一向比古龍高呵！」那個不知行情的編緝，一聽，登時呆住了，在他心中，一直以為古龍稿費最高，豈知山中有山，人上有人，倪匡的稿費更高。倪匡對《成報》一直很不滿，這內裏有一段原由。許多年前，倪匡已成了名，《成報》的老闆請倪匡寫稿，第一個月發稿費，倪匡發現不對勁，稿費連幾元幾角也算了進去。

他打電話去問老闆。

老闆說：「倪先生，我們廣東人的規矩是這樣的。」

倪匡想也不想就反駁：「既然這樣，你為甚麼約我這個上海佬寫？」掛上電話，從此以後，再沒為《成報》寫過稿。

我認識倪匡，是在一九七〇年十二月十六日，那時，他是一個好

（左起）古龍、倪匡、孫淡寧、金庸和蔣緯國於台灣石門水庫賓館共聚

丈夫，好父親。惟自一九八〇年起，好丈夫變了質，好父親的名銜則仍保留。八十年代的某一年（正確日期怕連倪匡也記不得了），倪匡跟黃霑到台灣去觀光。在某個宴會上，遇到一位姓楊的女士。楊女士叫安娜，無業，愛交際，生得不算太漂亮，惟豐胸盛臀，風情萬千，嬌聲滴滴，更勝林志玲。目光與之觸，電流遍體，倪先生平靜的心，不能控制地抖動起來（要死快哉），黃霑愛鬧事，推波助瀾，倪匡信心滿滿，勇氣百倍，展開追求。

台灣女人跟香港女人大不同，重視男人才華。那時候，倪匡無論「才」與「財」，都達到安娜小姐的標準，追求起來，自必得心應手，水到渠成，兩人迅即打成一片火熱。蔡瀾說過：「如果有一天你在台北街上，看到一男一女，穿着全身白衣，相擁漫步，那麼男的必然是倪匡，女的自然是安娜。」不知就裏的人，都以為楊安娜就是倪匡的太太，聲聲稱呼「倪太太」了（喂，咋說的，真的倪太太在香港呀！）

我們的倪匡有甚麼嗜好？多至不可勝數，貝殼、養魚、HIFI、攝影……他說：「小葉，我現在不玩貝殼，不養魚，我玩旅行。」一個月起碼飛台灣四五次，平均一個星期一趟，有時候，星期六上午去，星期一回來。到了接下來的星期五，他又登上了「中華」客機。為的就是去看望安娜，以慰相思之苦。在台灣所得的版稅，差不多全花在楊安娜身上，安娜要鑽石，倪匡買鑽石，安娜要汽車，倪匡買汽車，最後連房子也買了下來。有人告訴倪匡安娜的兩個哥哥是幫會人物，勢力很大，問他怕不怕？倪匡一挺胸：「怕甚麼，我我們真心交往，喜歡她還來不及，怎會有事？即便有，安娜會保護我！」朋友還規勸甚麼？楊安娜結過婚，嫁給鄉下一個富農，婚姻不美滿，離婚收場，拿了一筆錢，在台北閒蕩，喜串宴會場子。無巧不成話，遇到倪先生，乾柴烈火，燒得融融不可收拾。跟安娜的關係，維持了一段時日，最後，無疾而終，倪匡嘴裏再也不提「安娜」的名字。

直到若干年後，也許是一九九〇年吧！我問起安娜。倪匡說出了經過。許多人告訴倪匡，安娜好花心，倪匡不信，他只相信自己的眼睛。有這樣的一天，台北天氣好壞，從早到晚下着毛毛雨，倪匡一個人乘飛機到埗，來前沒通知安娜，想給她一個驚喜。他驅車到了熟悉的香居，按鈴。按了許久，才有人開門，那不是熟悉的臉孔，橫在倪匡面前，是一個全然陌生的男人。倪匡怔了一下，還沒說話，男人已粗聲粗氣地問：「找誰呀？」

倪匡嚥口涎沫：「這是姓楊的家嗎？」

男人上上下下打量了倪匡一番：「不姓楊，姓楊的搬走了。」

倪匡一愕：「搬走了？甚麼時候搬走的？」

男人格格笑：「不清楚，我前幾天才搬進來。」

倪匡心如刀割，按捺著：「可以進來看看嗎？」

男人問：「貴姓？」

倪匡說：「我叫倪匡，寫小說的。」

「啊！原來是倪先生，進來，進來！」倪匡的大名，那個人怎會不聽過，當下即請倪匡進門。倪匡一個箭步竄了進去，游目四觀，景色依然，人面全非。他跟安娜一起購買的傢俬，早已蕩然無存，走進躺了不知有多少個夜的睡房，那張軟綿綿的意大利大床，而今已不知何去？就連粉紅色的窗簾也早給撤換掉，屋內除了面積沒改外，甚麼都變了。過往的浪漫氣氛，就像水氣給蒸發掉一樣，再不存於空間。倪匡終於認識了現實——楊安娜悄悄地走了，帶走了所有雲彩。趁他在香港埋首撰寫《衛斯理傳奇》之際，偷偷地變賣一切，溜掉了，美人一去不復返，此地空餘苦相思。

「去了哪裏呢？」我好奇地問。

倪匡默默地朝天花板看了一眼，說：「聽說去了美國。」沒有悲傷，沒有哀愁，只因在那時，他身邊已另有一位紅顏知己。往事如煙，不再是嚙心的惡魔。由一九八二年到一九九二年這十年間，倪匡過的是雙重生活：白天，撰寫小說；一到晚上，酬酢繁忙，燈紅酒綠，風花雪月，恒舞甜歌，埋首脂粉堆裏，女友不計其數，惟最能令倪匡刻骨銘心的，不逾五個。

這五個女人，耗去了倪匡整整十年光陰。

第一個，不消說，是令倪匡肝腸寸斷的楊安娜。

至於第二個，聽説是一個夜總會媽媽生。叫嘉麗，年約三十餘，長得雍容華貴，一笑百媚生。倪匡一見，如蟻附羶，不肯捨棄。這是倪匡的性格，看到喜歡的東西，必然奮不顧身地去追，且會執迷一段時間。對嘉麗，倪匡可說是連心肺也掏了出來，可後來嘉麗也走了。有一回，是八十年代初吧！倪匡跟我去灣仔的翡翠城夜總會消遣，來坐的小姐，有認識嘉麗的，告訴倪匡嘉麗去了日本東京。倪匡一聽，臉色驟變，跟住吁了口氣，嘆道：「呀，嘉麗！你怎麼這樣就走了哪！」呆了一陣，走到舞池邊的一張枱子那裏，坐下，把臉埋在枱上，放聲大哭。一邊哭，一邊大嚷：「嘉麗，嘉麗，你為甚麼這樣就走了？你一個人孤苦零仃，為甚麼不讓我照顧你？」全場目光都集中在他一個人身上。有過路的客人，指住倪匡說：「這個醉貓幹甚麼？神經病！」

小姐們一聽，個個杏眼圓睜，望住那個客人：「你才有病，男人為女人哭，這才至情至聖呢！」群雌起舞，嚇得那個男人挾住尾巴，一溜煙地溜了。

嘉麗，在倪匡不清的口齒中，變成了「加喱」。「加喱」辛辣，倪匡獨喜之不厭。

我沒見過嘉麗，直至倪匡移民之前，仍聽到他提起。有過一段時間，倪匡學日文，聽説就是為了他日去東京訪尋嘉麗。

第三個是一位白領小姐，經營旅遊社，有點錢，還有一部汽車。倪匡在八十年代中期，偶會向我提到那位白領小姐，説她如何美麗動人，我始終緣慳一面。倪匡很喜歡那位小姐，常背着倪太，跟她出遊。有一個晚上，為了這位小姐，倪匡跟倪太拌嘴，一怒之下，坐上女友汽車，向山下出發。開了大約三分鐘，就覺得不對頭，後面有汽車追上來。回首一看，原來是倪太駕着日本車追了上來。

倪匡一驚，大叫：「開快一點，開快一點！老虎殺上來了！」於是從寶馬山道到大坑道一段路上，展開了兵賊追踪。兵是倪太，賊是倪匡，倪匡作賊心虛，拼命催促女友開快一點。但倪太鍥而不捨，終於沒擺脫。倪匡在車廂裏，抖了口氣：「呀，停車吧，我命裏甩不掉她。」汽車停下，倪匡下車，一拍車身，叫：「快走，給老虎抓到不得了！」危難之際，仍護着女朋友，足見倪匡的鐵漢柔情。這位富有的女朋友，聽說後來忍受不住倪匡的模棱兩可，遲疑不決，下堂而去。為此，咱們的倪匡又失落了一段時日。

至於倪匡第四個和第五個女朋友，我都見過，且還有交往。這兩位女友，一高一矮，精彩萬分，令倪匡跌進了既快樂而又苦痛的深淵。

先說第四個吧，姓何，我習慣稱呼她為何小姐。何小姐，其實並不太漂亮，僅中人之姿，倪匡卻嗜之甚深。我搞不明白，問原因。

倪匡解釋：「小葉，女人有好多種，一是漂亮的，一是有型的，另一種是要接觸過，才會曉得味道，曉得勿？」倪匡眨眨眼。神情十分蠱惑。「畫公仔哪用畫出腸」？我自然知道是甚麼回事。人到中年（那時倪匡已有四十七八歲），重的是那種感覺和享受，已不在乎外表的美麗與否。

我有意作弄倪匡，裝作不明。倪匡嘆口氣：「小葉，哪能儂嘎苯！講畢儂聽，何小姐讓人適意，男人嘛，頂重要適意！」

媽媽呀！適意，原來倪匡戀上何小姐，就是為着「適意」。承恩不在貌，古有明訓，倪匡只不過是發揚光大。何小姐似乎沒有職業，十分空閒，倪匡一寫完稿，就去找她。在八十年代那段日子，黃昏時分，北角街道上，常常可以看到一個中年男人，不高不矮，挽着一個身形健美的女人，慢慢地踱着。有時候，他們身邊還有一個小孩子，是那女人的孩子。

中年男人，就是倪匡，健美女人，不消説，就是何小姐。他們正在飯後散步。我常在北角遇到他們，倪匡一見我，只咧嘴傻笑，何小姐反而落落大方得緊，跟我搭訕幾句。

我問倪匡在北角如斯明目張膽，難道不怕倪太？

倪匡道：「小葉，我豁出去了，甚麼都不怕，只要何小姐在我身邊，我怕啥！」說完，回身去看何小姐。何小姐眨眼一笑，倪匡骨頭立時輕半斤。接著走到我身邊，低低道：「倪太在山上，我們在山下，碰不著！」好人也給他氣死。何小姐有了孩子，自然是有丈夫，倪匡背負着《衛斯理》之名，跟有夫之婦來往，不怕人找他晦氣嗎？後來方知道何小姐，早已離了婚。

倪匡拍拍胸，炫示胸肌：「今日有酒今日醉，明日愁來明日當，管他的！」好個豪氣干雲！小葉萬萬學不來。

何小姐跟倪匡的一段情，糾纏許久。到後來，我才知道何小姐的底蘊，倪匡是在一處私人會所，邂逅何小姐，一經接觸，驚為天人，立心要把她據為己有。

倪匡說：「小葉，你可不知，她有多少好白相，簡直是人間極品。」在倪匡口中，何小姐的優點，多如恒河沙數，數之不盡，因此，把鈔票投在她身上，是絕對值得的。要多少鈔票？從來沒有細算過，一個月兩三萬，脱不了。那年代，不得了！

何小姐有個嗜好。對她個人而言，這嗜好能帶來高度刺激，增加生活情趣。

對倪匡來說，不啻是一個沉重的精神壓力和經濟負擔。何小姐喜歡賭博，甚麼賭都喜歡，小至十三張，十五湖，大至賽馬，到澳門博彩，樣樣皆嗜，件件皆能。一日之內，可輸它十萬八萬，面不改容。賭徒是不會滿足的，今天贏了一萬，明天希冀搏它兩三萬，何小姐既然是標準賭徒，必然奉行這個規條，因而走上不歸路。

贏了，再賭下去。輸了，伸手跟倪匡拿。反正倪匡是財神，有求必應。一萬，兩萬，拿過不停，最後連深喜她的倪匡也出怨言了。「小何，不要賭那麼大！」（注意，沒勸她不要賭，只是勸她不要賭那麼大！）

「知道！倪先生！」何小姐習慣稱呼倪匡作倪先生：「我賭小一點，不過，這筆賬，勞煩你代找一下。」那自然是賭賬，倪匡照找如儀，毫無怨言。有個時期，倪匡入不敷支，拿東西去典押。我勸他，倪匡小眼上翻：「怕甚麼！有押有贖，才是上等人呢！」

呀呀！上等人，咱們的大作家就是走進押店的上等人。為了甚麼？就是為了一個嗜賭如命的何小姐。何小姐實在太好賭！賭得連時辰八字都忘掉，倪匡不勝負荷。終於，生在丙午日，火旺的衛斯理，爆發了，大罵她一頓，決定分手。

從賽西湖大廈搬到七寶大廈後，倪匡立下決心，不再照顧何小姐。何小姐電話打到書房，倪匡一聽到她聲音，立即掛斷。但何小姐死心不息，仍然找倪匡。有一天，倪匡接到何小姐一個電話，聲音微弱，氣若游絲，稱：「倪先生，你……你不要掛我電話，好嗎？求求你！聽我說幾句！」

「說！」倪匡吞了口涎沫，一派堅決，其實一聽得何小姐那軟弱的聲音，心又軟了一大截。

「我現在好慘！」何小姐訴苦說：「孩子沒飯吃，家裏甚麼錢都沒有……」

「早叫你戒賭。」倪匡打斷話柄。

「我錯了，倪先生，你原諒我，好不好？救救我？好不好？」兩聲「好不好」幽怨淒慘，傳全倪匡耳朵，心又軟了四分之三，只差那四分之一，沒軟。

「——」倪匡沉默着，內心交戰著。

「倪先生，你救我最後一次吧。以後，我戒賭，好好服侍你。」何小姐苦苦哀求。「這個——」倪匡動搖了，他想到何小姐那豐滿的胴體，男性的慾望升了起來

「倪先——生——」何小姐見機不可失，聲音更淒怨了：「倪先生，救救我——」

「欠多少？」倪匡徹底投降了。

「十萬。」何小姐說出數字。

「十萬？這麼多，我哪有？」

「你有的，倪先生，你是衛斯理，怎會沒有？」何小姐抓住倪匡的

弱點：「以後，全聽你，你要我做甚麼都行，好不好？唔——」

聲音像糯米糍，腔調如黃鶯啼，倪匡徹底投降，徹底崩潰，能擁一個天下極品於懷中，十萬算個啥屁！

豪氣粗壯：「好，我幫你，但——下不為例。」

「知道了，有下次，是烏龜。」何小姐套用了倪匡的口頭禪。

「好，你再賭就是——」倪匡大聲地。

「是，烏龜。」何小姐接得快。

賭徒哪怕做烏龜，最重要是可以繼續賭。於是倪匡披外衣外出，跟何小姐在咖啡室見面。

一見面，自然就是把大通銀行的支票送出去。倪匡那時在北角大通銀行有個透支支票戶口，隨時可以調動鈔票。做名人就有那樣好，銀行相信你，沒錢也可以拿錢。何小姐看到十萬面額的鈔票，自然喜上眉梢，臉上的愁雲一掃而空，望住倪匡，綻出燦爛、姣媚的笑容。眼前這個矮矮的小胖子，竟有說不出的可愛。

同樣，在倪匡眼裏，這個坐在面前的女人，嬌美性感，尤勝明星模特兒。他心一熱，伸手抓住了何小姐的纖纖玉手：「小何，我好想你！」

「我也是呀，倪先生——」何小姐拖長了聲音。離開咖啡室，兩人自有好去處……

過了一個星期，何小姐的電話又來了，照例如喪考妣：「倪先生，不得了，我快沒命了。」

「甚麼事？」倪匡心一驚。

「我……我……」何小姐訥訥不敢言。

「又賭了？」

「——」

「他媽的，叫你不要再賭，你又賭……」倪匡這趟真的火了，破口大罵：「你這樣賭下去，一世做婊子。」

「——」何小姐在電話裏不作一聲。

「我跟你說，這趟我不會幫你了，上個禮拜才替你還了十萬塊。」

「倪先生，求——」

「求你媽個屁！」

「啪」的一聲，電話掛斷了。

何小姐呆了一陣，搬動指頭，再撥號碼。

電話「嘟嘟嘟」的，接不通，顯然是倪匡擱起了電話。掛上電話後，倪匡的心好不平靜，扳開酒瓶塞子，「咕嘟咕嘟」灌了幾口，辛辣的酒液直衝撲進腸子裏，熱烘烘的，怒氣更盛。他拍了一下枱子，罵道：「臭婊子，我前世欠了你甚麼，再幫你，就是烏龜。」

倪匡怕做烏龜，所以決定不再接濟何小姐。他拔掉電話綫，樂得耳根清靜。

第二天早上，天下着雨，倪匡一早起來，跑到客廳做早操。無意中，向街上一望，嚇了一大跳。有一個女人，正站在樓下廣場上，靜靜地等候着，雨灑在她身上，連一點反應都沒有。

那個女人，就是何小姐！

不久，雨勢加劇，還響了雷。

倪匡心想：下大雨了，你該走了吧，又跑到窗前朝下一看——

何小姐仍然站在那裏，一動也不動，猶如木偶。眼看雨像尖刀似地刺在她身上，倪匡內心有如刀割。他吁口氣，拿起傘，下樓。走到何小姐身邊，低聲說：「你這是何苦來着？淋壞了怎辦？」

「反正活不過去，還不是死！」何小姐幽幽地，把濕淋淋的臉頰靠在倪匡肩膀上。

「啊！何苦呢！」倪匡愛憐地掃着她的髮梢：「這趟又欠多少？」

何小姐豎高兩根指頭。

「二十萬？」倪匡不敢低估。

「對，倪先生，你要救我。」何小姐低低地。

「欠誰的？」

「貴利。」何小姐說：「再不還，利疊利，會更加多。」

倪匡想了一下：「好，我替你還，不過，這是最後一趟。還有，我要親自去還。」

何小姐一聽倪匡肯幫忙，喜出望外，片刻沒停過笑。倪匡叫何小姐先回去換衣服，然後約定見面。一小時後，倪匡跟何小姐在北角一家咖啡室裏，跟兩位貴利王見了面。

倪匡說：「兩位大哥，我叫倪匡，寫小說的。這裏是二十萬支票，你們拿去，不過，我有一個附帶條件。」

兩位貴利王自然聽過倪匡的名頭，登時說：「但聽倪大哥吩咐。」

倪匡說：「就是請你們兩位大哥，以後不要再借錢給這位何小姐。這個臉，能賞給我嗎？」

此言一出，不要說貴利王嚇了一跳，就連何小姐也不禁怔了一下。

「這——」貴利王訥訥地，望住何小姐。

「我這個人說一不二，不答應，這張支票就不要收，怎樣？」倪匡氣定神閒地。

「這個——」貴利王還在猜疑。

「事實上，你們已賺了何小姐不少錢，也該收手了吧。我不是銀行大班，不會印鈔票，你們下次再借，肯定收不到錢。」

聽到「收不到錢」，貴利王立時有了反應。

「好，我們答應倪大哥你，以後——不借！」

「那就好，」倪匡把支票交給貴利王，望向何小姐：「小何，聽到了嗎？以後，他們不會再借錢給你。」

何小姐沒作聲，事情就這樣解決了。可就我所知，何小姐的賭癮還是沒戒掉，仍然嗜賭如命。倪匡不借，她就跑去架步客串，一千也好，八百也好，「山大斬埋有柴燒」，小有小賭，不可遏止。到了這時候，倪匡對何小姐才徹底地灰了心。對女人，也開始有點失去信心。

然而，桃花纏繞倪匡不放，一九八五年某一夜，他又遇到了一個女人。這個女人，跟他泡了七、八年，到一九九二年移民三藩市前才分手。

一九八五年某天，武俠明星陳惠敏對我說：「西城，我的大哥好想結識倪匡，你可以介紹嗎？」

陳惠敏的大哥陳清華，人稱「細哥」，是江湖上的大人物，等閒不輕易出來見人，卻十分欣賞倪匡所寫的小說，自動想請倪匡吃飯。我把這個意思轉達倪匡。

倪匡一聽，笑了一下：「好，我也想見見惠敏的大哥。」事情就這樣決定了。

是一個夏日晚上，細哥在尖東北海漁村貴賓廳設宴款待倪匡。我和小林伴着倪匡赴會。

倪匡見到細哥，熱烈地握手，兩人言談甚歡。那天席上，除了倪匡、細哥、惠敏和我外，列席的還有剛從美國回來不久的王敏德。他身邊坐了幾位女士，衣着趨時，十分美艷。

倪匡的嘴巴在跟細哥談話，眼睛卻是不停溜向其中一位女士。

散席後，倪匡對我說：「小葉，你猜那幾個女人是甚麼來路？」

我回答：「不是惠敏他們的朋友嗎？」

「我說不是。」倪匡搖搖頭。

「那麼又是甚麼？大哥！」小林問。

「我看是出來撈的。」倪匡說：「不信，我們釘着她們。」

小林年紀輕，愛鬧，拍手道：「好！我們釘！」於是一離開北海漁邨，我們三個人就釘了上去。那三位女士跑去截的士，倪匡迎上去，問：「小姐！你們去哪裏，是不是上班？」

其中一位女士望望倪匡說：「是上班又怎樣，你來捧場嗎？」

「捧捧捧……哪一家？」說完，向我眨了眨眼，以示他猜中了，得意之情，溢於言表。

「中國城！」女士們魚貫上車。

倪匡立即截了輛的士，追上去。不到一分鐘，就到了「中國城」。距離那樣近，根本不用坐的士，可見那三位女士是如何的奢華。倪匡像小孩子般地跟在那三位女士背後，走進「中國城」的玻璃大門。無論知客，男、女侍者，都哈着身子，高叫「倪先生！」有些甚至叫：「倪先生，許久沒來了，去哪裏消遣？」

「以後我會常來，」倪匡指了指前面的女士：「我來溝女。」跟住做了個鬼臉，逗得知客們都笑了起來。這一笑，可令倪匡大破慳囊，他打西裝內袋掏出一大疊黃色的鈔票，向那些知客派。知客們收過一千大洋，喜不自勝，小心翼翼地，像擁簇着帝皇一樣，把倪匡擁進來。

「這是最好的貴賓房嗎？」倪匡大刺刺地坐了下來。

「倪先生，這是最好的房間。」知客知趣地回答。

「真的嗎？」倪匡瞇住眼睛，佻皮地：「別騙我，騙我嘛，後果很大的呵——」

「我們哪敢？」知客識趣地回答。這時女侍進門來，跪了下來：

「倪先生，喝甚麼？」

倪匡說：「大號藍帶兩瓶！」

小林說：「大號，喝得下嗎？」

倪匡說：「喝不下，存在這裏，明天再來！」

女侍連聲說好，接住問：「倪先生，開哪一組媽咪？」

倪匡問那個知客：「剛才進門的小姐是哪一組？快叫她們來，我悶死了。」

「是是是！」知客應了幾聲，躬身退出。女侍也轉身去拿酒。

倪匡雙手後伸，擱在腦後，吁了口氣。過了五分鐘，媽媽生還沒有進來。

倪匡發牢騷了：「怎麼搞的，這麼久還沒媽媽生來，中國城怎做生意的？」

我勸他等一下，地方大，找媽咪要費時。

「乾脆在這裏裝個電腦，一按，就傳到媽媽生的接收器上，豈不省時？」

倪匡的科幻頭腦又來了。（後來，夜總會已採用這類設備，可見倪匡的頭腦，的確非同凡響。）

又過了五分鐘，媽媽生還沒來，倪匡不耐煩了，站起來，開門，探頭望。嘴裏頻說：「還不來，等死人！」倪匡是急性子，沒耐性。「再不來，我要摔東西哪！」倪匡拿起桌上的酒杯，想摔。就在這時，媽咪像喜鵲似的的闖了進來，一見倪匡，雙手伸出，抱住倪匡：「倪大哥，歡迎你，我來遲了，罰我喝酒！」

倪匡也伸開雙手，跟媽媽來個擁抱：「當然，酒一定要喝。」這時才發覺連酒也沒來。

倪匡不禁發怒；「怎麼搞的，中國城甚麼都慢！」

媽咪打圓場；「來了，來了！來，我們先坐下，」挽住倪匡的手，坐了下來。「大哥，叫甚麼小姐？」

「唔，剛才進門的那個小姐是不是你的小姐？」倪匡用手比劃出那個小姐的身型，嘴裏說出了樣貌。

不愧為大作家，形容十分貼切。媽咪一聽，說：「啊，是阿 Sam。

我立刻叫她來，一會陪你喝酒。」

一聽找到目標物。倪匡連忙扶起媽咪：「快快快，快去找，我急死了！」

媽咪笑了一下，離開房間。女侍送酒進來，正想開瓶。倪匡一手搶過：「我自己來。」

手法純熟，勝過酒保，扳開瓶塞，朝高腳杯倒了一大半，立即舉杯倒進口裏。跟住嘴唇一舐，連說：「好酒，好酒，酒是我最好的朋友。」

房門推開了，走進媽咪，阿 Sam 和幾個小姐。

「呀，阿 Sam，」倪匡站了起來：「你來了，坐坐坐。」指住身邊的沙發。

阿 Sam 一屁股坐下，倪匡立即坐在她身邊，定睛看着她。

「我叫倪匡，寫小說的。」倪匡循例說出開場白。

「我知道喇，倪先生，大作家，我們剛才吃過飯呢！」阿 Sam 笑說。

「哦，原來你們早已認得，那麼我這個媒人做不成了！」媽咪佯怒。

「不不不，你是媒人婆！」倪匡搶住說。

「媒人，有沒有媒人利是？」

「有有有！」倪匡抽出三張金牛，塞進媽咪手：「岳母大人笑納。」所有的小姐都笑了起來。其中一個臉圓圓的說：「倪大哥好偏心。」

「我偏甚麼心？」倪匡不解地。

「媽咪有，我們姊妹淘，幹嘛沒有？」

「誰說沒有？有！」倪匡又抽出一張塞在她手上，其他個個伸出手來。倪匡又給了每人一張，眾人歡天喜地。

「你要不要，阿 Sam ？」倪匡問。

阿 Sam 格格笑：「不要，我有你就夠了！」說完在倪匡頰上印了一記。這一印，比甚麼都有效。嗣後，倪匡在阿 Sam 的身上起碼花了幾百萬。這一夜，倪匡留着阿 Sam，不讓她過枱。酒至數巡，阿 Sam 要去小解，倪匡不讓她去。

「不許去。」

「為甚麼，人家急嘛！」

「急嘛，就撒這裏好了。」倪匡把那個放冰塊的冰桶遞給阿 Sam：「你一走，我好寂寞！」

「我去去便回來，很快的——哦！」阿 Sam 柔聲地。

「我不信，女人走了就不回來。」倪匡握住阿 Sam 的手不放。

我看到阿 Sam 的臉已脹得通紅，怕真的憋出病來，勸道：「大哥，讓她去吧，最多我看着她。」

「誰要你看，我看！」站了起來，於是像漢成帝扶著趙飛燕那樣，扶住阿 Sam 去洗手間。阿 Sam 無奈地，只好任由倪匡扶着。這一夜，倪匡三個小姐落全鐘，自己攙扶着阿 Sam 坐上阿 Sam 的座駕「寶馬」，揚長而去。

第二天，我打電話給倪匡，問他昨天晚上過得怎樣？

他說：「生平之中，最愉快就是昨天晚上。」接着下來的一個星期，每天下午打電話到倪公館，都找不到倪先生。倪先生逍遙快樂去了！

過了一個星期，我又到「中國城」消遣。倪匡的岳母——媽咪一見是我，逕自闖進來，抓住我衣領，大興問罪之師：「喂，你的倪大哥搞甚麼鬼？把我的阿 Sam 勾引了去哪裏？阿 Sam 一個禮拜沒上班了。」原來阿 Sam 是有名的乖乖女，每天上班非常勤力，非不得已，不會告假。

我已知道是甚麼一回事，嘴裏說：「我怎知道，我也沒有見過大哥，如果見到他，早抓他來捧場了。」

媽咪嘆口氣：「沈先生，是我倒楣，最能幫手的小姐又飛走了，唉！」我連忘給她五百元，消消氣。（帳記倪匡頭上）

我沒去找倪匡，知道有一天，他會找我。果然，過了一個月，倪匡電話來了。

「小葉，你猜我在哪裏？」仍然是那樣恍皮。

「我怎知道？」我沒好氣地，此人真乃重色輕友。

「猜呀！」倪匡說。

「在台灣？」我故意地問。

「不，台灣我不會去——。」那是倪匡傷心地。

「那在哪裏？」

「香港嘛！」

「在香港，有甚麼好猜？」

「在香港才好猜，」倪匡笑了一下：「好……，告訴你，我在郊外朋友家裏。」

「阿 Sam，對嗎？」

「唉！你怎知道的？」倪匡有點孤疑，頓了一下：「小葉，你真聰明，一猜就猜到了，我現在住在沙田第一城。」

「甚麼。」我嚇了一大跳：「不怕倪太嗎？」（你不怕，我怕呀，倪太發火，非同小可！誰來救我？）

「我豁出去了！」又是那句老話。

「住了多少天？」

「大約半個月，白天來，晚上走！小葉，這裏好，風涼水冷，環境優美。」倪匡自言自語，逕向我述說第一城的好處。其實第一城只有一個好處，就是有阿 Sam。於是我知道，倪匡又找到他的第五春。（阿 Sam 出自華富邨小康之家，父甚嚴，唸至中五畢業，在律師行工作。閒餘客串「中國城」茶舞，賺外快。）

以後，倪匡每出席宴會，都帶着阿 Sam，她成為衛斯理的白素。阿 Sam 的「寶馬」，在認識倪匡不久，就換了一輛新車。她負責駕車，倪匡負責坐車。又過了不久，阿 Sam 搬家。

搬到哪裏？呀！不得不佩服倪先生的大膽和週到，他教阿 Sam 搬來炮台山的富澤花園。富澤花園隔倪匡的賽西湖大廈，坐的士，不到三分鐘，就是步行，也不過十來分鐘。倪匡每天午飯過後，就出來「散步」，一散散到阿 Sam 的香閨，投進溫柔鄉。

由一九八五年到一九九二年，倪匡跟阿 Sam 打得火熱。倪匡對阿 Sam 十分專一，除了不跟倪太離婚外，甚麼都依阿 Sam。熟悉倪匡的人，都知道他有一個原則，絕不可改，就是「可以有一百個女友，絕不能離婚。」阿 Sam 起初自然應承，可女人這種動物，情感往往隨時間而變化，慢慢的，便有擔憂，青春易老，將來怎說？倪匡煩惱不堪，兩人勃谿常起。

倪匡脾氣，非同小可，一發脾氣，甚麼話都講得出來。有一天，他又跟阿 Sam 吵架了。他罵阿 Sam 是妓女，阿 Sam 是小辣椒，氣不過，回罵：「我是妓女，你為甚麼跟我在一起？」

倪匡嘅嘅嘴：「因為我是嫖客。」本在盛怒中的阿 Sam，忍不住笑起來。

又有一次，兩人又吵架，阿 Sam 的媽媽剛好在場，勸架。倪匡不領情，罵岳母是「王婆」，氣得阿 Sam 立刻奪門就走。待氣平了，倪匡就四處打電話去找，找到了，扮小丑，賠不是，讓阿Sam轉怒為喜。

我經歷他們的吵架事件，不下五六回，其中一回最厲害的，發生在如今已歇業的銅鑼灣北園酒家。八八年某天，朋友請吃飯，席間有朋友小鄧懂得相術，阿Sam於是請他指點。小鄧握住阿Sam的手上下左右翻看，這原本是很平常的事，然而，倪匡卻很不對勁了。起先是鐵青着臉，一個人坐著。跟着憤而摔杯。

「你幹甚麼？」阿Sam說。

「我問你在幹甚麼？當住我面放電，給綠帽我戴。」酒後的倪匡氣咻咻地。

「你亂說甚麼，我在看掌！」

「看你媽的狗屁掌。」倪匡粗口爆發了。

「喂喂喂，你罵我好了，別罵我媽媽。」

「罵又怎樣，不要臉的媽媽，才會生出你這樣的女兒，一見男人，騷氣大發——」倪匡越罵越起勁。

阿Sam火了，拿起皮包，想朝外走。

我攔住她，說：「阿Sam，算了，別跟大哥吵——。他有點醉。」

倪匡霍地站起，直朝小鄧走去：「你搞甚麼鬼，當住我面勾我女友，要我做烏龜，我揍你！」

掄起拳頭，追打小鄧。嚇得小鄧連忙向一邊逃走。

阿Sam忍不住了，站起來：「倪匡，你這樣，我走了，以後不理你！」這趟我也不敢再攔了，目送阿Sam離開「北園」。

倪匡住了腳，想了三秒，連忙追去。

女友Wendy（日後成了我妻子）推我一把：「還不快追。」我跟Wendy連忙追了出去。阿Sam已坐了的士。倪匡右手捧着酒杯，站在街中央攔的士，我走上去，替他攔了一輛。他腳步踉蹌地跨上去，我和女友只好跟隨。

「沙田第一城。」倪匡大聲地咆哮。「他媽的，騷貨，只會勾引男人。」倪匡氣呼呼地罵。我不便勸說，只好催司機開快一點。忽然，倪匡調低車窗，把酒瓶向街上摔了出去。

「倪先生，不要摔酒瓶，我要被抄牌的呀！」司機說。

「別怕，罰款我付。」他仍生氣。

司機還想爭論。我插口：「朋友，倪先生有點醉意，你別跟他計較。」

司機吁口氣：「我知道，他常醉，我載過他。」

倪匡靠在車椅上，閉着眼睛。車到第一城，還未付車資，倪匡已一個鯉魚打滾，下了車，直奔某一處。

Wendy說：「你去看看大哥。」我下了車，追上去。別看倪匡有酒意，奔跑的速度，可真快，我幾乎追不上。我跟他進了電梯，倪匡仍在罵，越罵越起勁。我有點擔心，不知會發生甚麼禍事，心裏正盤算該如何應付。很快電梯停了，倪匡一個箭步竄出，直朝角落單位奔去。

他彎低身子，用鑰匙開門。手顫着，匙尖插不進匙孔，好不容易插進去了，一旋，卻又打不開。原來阿Sam將門鎖上了。這一下，可激怒了倪匡，他掄拳敲在鐵門上。

「砰砰砰」，聲震屋瓦。

那時已是深夜時分，聲音驚動左鄰右里。可門仍未有開啟的跡象。倪匡不罷休，又提腿踢門。鄰居紛紛開門察看，一見倪匡，只有忍氣。我忙向鄰居賠禮。

其中一個肥胖婦人説：「不用……我們慣了。」

為了避免騷擾鄰居，我隔着門叫：「阿 Sam，開門，我是沈西城，大哥醉了，你讓他進來吧！」果然生效，門開了。倪匡一陣風似的闖了進去。

阿 Sam 在門外向我訴苦。

「會有事嗎？」我關懷他。

阿 Sam 搖搖頭：「你自己進來看看。」我走進客聽。

好個倪匡，坐在地下蒲團上，賊頭狗腦地笑着。阿 Sam 一走進來，他就舉起右手敬禮致歉，我和阿 Sam，給他搞得啼笑皆非。風雨過後，後遺症猶存。由一九九〇年到一九九二年，倪匡跟阿 Sam 不停地吵，吵過後，又雨過天晴，然而，更大的風暴終於來臨。

有一回，阿 Sam 要換「平治」房車。倪匡不依，又吵起來。阿 Sam 一怒之下，偕女友出門旅行。倪匡悶極了，要我們跟他打牌。他一邊打，一邊罵：「這回，我一定甩掉那個壞女人了！」我們唯唯喏喏，沒人插嘴。阿 Sam 旅遊回來，倪匡又把她帶在身邊。不少娛樂記者都打聽阿 Sam 到底是誰，如果那時候香港像今天一樣流行揭陰私新聞，怕已揭了阿 Sam 的底。

一個下雨的下午，倪匡忽然給我電話：「小葉，我不要阿 Sam 了。」

問原因？倪匡低低地說：「她背着我偷漢子，給我戴綠帽，我還能要她嗎？」

「別亂猜，」倪匡每趟都是這樣說，卻又拿不出證據，所以我起先並不相信。

「小葉，這趟我是有跟據的。」倪匡的聲音有點沙啞。

「講來聽聽。」我感興趣地。

「昨天，我打電話到阿 Sam 家，有個男人聽電話——」

我怔了一下，難怪倪匡不開心，阿 Sam 家只有阿 Sam 和一個菲傭，哪來男人？

「會不會打錯？」

「不會，我立刻掛綫，再撥 Redial，接聽的是阿 Sam。小葉，你說，哪能錯！」倪匡理直氣壯地。我再沒話說。

倪匡往下說：「我問她剛才接電話的那個男人是誰？那騷貨說我打錯電話，我掛了綫，披上外衣，踏着拖鞋，衝下樓梯，直奔她家，走進睡房，打開衣櫃察看，看有沒有男人？」倪匡一口氣地。

「有沒有？」

「走掉了，」倪匡無奈地：「小葉，這回我不騙你，我真的同阿 Sam 莎喲娜啦！」後來同阿 Sam 告訴我，身邊真的沒有其他男人，說：

「大哥疑心大，不相信我。要偷男人也不敢偷回家。他有鑰匙，隨時可以進門，我有那麼笨嗎？」

坐言起行，倪匡對阿 Sam 的感情立時冷卻，再也沒有像以前的那樣熾熱了。從那時起，倪匡搞移民。一九九二年的八月底，他跟摯愛李果珍女士，雙雙離開香港，到三藩市定居。行前叮囑我，在上飛機後，可通知阿 Sam。阿 Sam 聞訊，恍如電殛，顫聲說：「怎麼，怎……麼這樣狠……狠心！」淚流如雨，我有什麼好說！

十年風花雪月，終於鳥倦知還，浪子回頭，回到倪太身邊。〇五年從三藩市賦歸，再不是冒險幻想的衛斯理，更不是頑皮好鬧的倪匡，徹徹底底成了一等一的好丈夫，凡事都以倪太為重。倪太終於守得雲開見月明。

(十) 晚年生活　平淡恬靜

○五年倪匡賦歸，毅然棄筆從妻，夫婦優遊林下，感情勝昔，除偶出講座，參與友儕宴會外，深居簡出。絢爛已逝，自然徐來，心境平靜，終得永壽。本章所錄，皆為近年憶記倪匡文章，平平淡淡，卻是深情之作。

(一)

倪匡是衛斯理，衛斯理是倪匡，慢慢地知道衛斯理的人要比認識倪匡的多，人們心目中，衛斯理是探尋宇宙奧秘的專家，倪匡不過凡人一個。我寧可認識凡人，衛斯理到底是虛構的人物，勿要當真。認

晚年倪匡深居簡出，讀書為樂

倪匡晚年愛喝茶

識倪匡近半世紀，當年彼此年輕、天真，性情相近，言談無隔。都是上海人，上海話溝通，倍覺親切。倪匡廿二歲來港，舌頭發硬，學不好廣東話。他不同意，說：「跟舌頭硬沒關係，我天生有言語障礙症。」這是真話，倪匡這個人除了弄筆桿兒，其他物事，啥都不懂。英文洋涇濱，只會「So what」和「Who cares」，就此走遍美國。不獨學話蠢，方向也辨不來，走進菜館再出大門，認不清東西南北。什麼都笨，只有寫作靈光，南來六十餘年，一根原子筆管吃飯，攢了不少，遠比他的同期作家幸福。那些酒枱子上朋友呢，死的死，潦倒的潦倒，辛酸淒涼。倪匡一生交友無數，知己僅一人，古龍是也。古龍嘛，人人豎起大拇指，直誇「絕頂聰明」。聰明反被聰明誤，掉進了創造的角色裏，把自己看成陸小鳳、楚留香，千金散盡還復來，怕啥？倪匡自小明白「千金散盡有日不復來」，於是賺得的一半，呈奉賢妻，自己花其半，於是晚年無慮。自詡老白臉吃軟飯。軟飯吃得名正言順，怕人不知，透過傳媒告示天下。

身居香港，離不開粵語，倪匡照講不誤，儂聽勿懂，勿關阿拉事體。八十年代前，倪匡堅持原則：「小葉，阿拉文人，要保持神秘感，勿可以露面。」作家一露面，少了頭巾氣，人家瞧不起。身為小阿弟，只好有樣學樣，連照片也藏起，不敢曝光。九十年代初，倪匡來個大變身，居然做電視節目了，配搭是鬼才黃霑、食神蔡瀾，三人行，頂呱呱。節目叫「今夜不設防」，訪超級明星，嘴巴子活（不不不！要訂正：三人行，倪、蔡兩人只是從旁打哈哈，說話的僅黃霑一人）。蔡瀾能文不善言，倪匡善言，粵語人人聽不懂，只好打字幕。要命的是這個綜合性節目，居然紅火爆燈，真奇哉怪也！後來做電視不過癮矣，倪匡視而優則影，躍登大銀幕，在《群鶯亂舞》裏，粉墨演嫖客。朋友勸之謹慎為要，別壞聲名。三聲大笑：「謝謝！頂對我胃口，我就是做自家呀，駕輕就熟！」眾友笑至噴飯。那場戲，倪老爺子給人抬進妓院，醉態可掬。我誇他演得嶄。眼睛骨碌圓：「啥個事體（寧波語：啥事）？我根本吃醉脫，做啥都勿曉得。儂拍儂，我睏我！」呀！真是笑嘻嘻，擺倪匡出場，片酬如何作算？「勿多，一日兩三萬。」倪匡笑嘻嘻。我曾拍過電影，一日港幣五百，人比人，氣死人！

九十年代倪匡移民三藩市，買了幢圓形玻璃怪房子，房間一個，夫婦相依。倪太不慣，回港小休，獨留倪匡孤居。打電話聊天，居然說忙至不可開交。一個老頭子忙啥？「小葉，你又搞勿懂，我忙得竅要死。早上起來寫小說、看報紙。下半日剪花除草、洗衣裳。黃昏要到附近超市儲備食物，返嚟煲雞湯，邊有時間？」不忘香港，廣東話出口。什麼，大作家當上家庭主婦？倪爺當是一種樂趣。儂勿曉得倪匡有項天大本事，非人人所能為，就是化枯躁為樂趣。人視為畏途，落到他手，變成好玩。套用他的口頭禪，就是「邪氣好白相」。那時，隔三岔五電話報香港近況。某日告訴他金庸正在研讀佛經，他一聽，照例三聲笑：「哈哈哈，老查讀佛經，越讀越唔通。」我訥悶，一逕陪打哈哈。如今鬢添白霜，方解其意：人啊！千萬不要簡單複雜化，而要複雜簡單化。前輩董驃說得好：「心中有佛便可。」何須苦鑽牛角尖。香港作家林蔭遠赴三藩市訪他，談起寫作。回説：「我現在寫大不出了，正在炒冷飯。把以前的衛斯理找出來，改頭換面抄一遍，賺出版社二十萬，何樂不為！」炒冷飯，一路到《只限老友》止。寫作配額用光，惟有豹隱。遇到手癢時，便為青年寫序，男女老幼不拘，有求必應。翻看其序，大同小異，清一色是：「有趣、好看！」讀者要他推薦小説，挑了一位新作家，猛説好。讀者狐疑不決，改來問我。一句話：「切莫輕信，八十倪老，心腸好，人人説好。」讀者笑壞。

（二）

倪匡性格怪，一是痴，一是絕。先説痴，戀上某事物，痴纏到底。七十年代初，我到他銅鑼灣海寧街寓所作客，其時正在收集貝殼，捧出見示，我根本不懂，只好裝着看。他隨手拿起一塊，道：「小葉，你猜多少錢？」為難，不敢言少：「五千！」「再説一遍！」「一萬！」

「不，不對，五萬！」倪匡糾正。要死，嚇壞我！未幾生厭，貝殼全送人，一片不留。改玩 HIFI，十萬、廿萬一套山水器材，硬要我聽。我聽了，一個感覺：跟我家的卡式錄音帶並無二致，而其價錢僅港幣三百元。後轉去養魚，什麼金鯉，黑魔鯉、七彩神仙魚……總計九缸，自號「九缸居士」。缸夥，放諸餐桌，日觀夜賞。不旋踵，厭了，sayounara，毫不猶豫送友人。最後愛上旅遊，一月出門數次，東闖西逛，不亦樂乎，之後反璞歸真，閉戶靜思。倪匡做人也有個大優點，說一不二，答應的事，赴湯蹈火，絕不推辭。他說寫作配額用完，就是用完，你即開出千字一萬，心不會動，字不會寫。鎮海倪匡，誠硬漢子也。

(三)

講真的，我從不以為倪匡是什麼作家、他聽到了，氣得瞪小眼睛：「我寫了這麼多的書，還不是作家？」扳著臉，嚇唬我。嘿！嚇勿到我呀，大阿哥！我腰板直，胸膛挺，輕描淡寫：「儂是智者，遠比什麼作家高明！」聽得這樣說，怒氣全消，臉上現出笑容，如初夏朝陽。號稱智者，何以見得？用他說過的語錄以見其概：（一）「小說只有兩種、一是好小說，二是壞小說，好小說能看下去，壞小說不能看。」（二）「寫作沒得教，全然靠天份。沒有的話，去幹別的事。」（三）「要寫就寫，千萬別拖！」（四）「醫生要我聽話、我問聽話是不是不會死？醫生說不會呀！我說那我幹麼要聽你話！哈哈哈！」凡此種種，皆智慧之言。最近倪匡說很多配額都用光了：喝酒配額完蛋了，生命配額也差不多耗盡！千萬別為智者倪匡悲傷，他視死如歸！

（四）

算起來已有多年未再見過倪匡了，記憶中最後一趟晤面，是在前年書展，他應邀上台見讀者。讀者問，倪匡答。妙語如珠，自詡蠢人，惹得哄堂大笑。倪匡好整以閒，一本正經的說自己是一個蠢人，引申下去：「蠢人有三種，一是自己知道是蠢人的蠢人；二是自己不知道是蠢人的蠢人；第三種就是自以為聰明的蠢人。」倪匡當然是第一種，你真的以為他蠢，才不呢！知道自己蠢的人，總蠢不到哪兒去，只有自以為聰明的，才是世界上最蠢的人（世人多類似）。問答完畢，眾人湧上台，我也被朋友推了上去。倪匡一見到我，張開雙手給我一個熱烈熊抱：「小葉呀！我倆許久未見了，今天倪太不在，我可以抱抱你！」本來是高興的，聽了這話，不期然發楞。三十年前，日夕遊樂，肝膽相傾，一一浮現眼前，這年月，何時何日才能重現？一時間我怔住了，瞧着倪匡發胖的身影，柔和的微笑，我陡地迸出一句話：「大哥，你不是什麼作家！」此言甫出，眾人皆大吃一驚，說倪匡不是作家？沈西城你腦子進水了！一向脾氣好得超乎異常的倪匡，也勃然色變。他的忠心粉絲施君狠狠地瞪着我，彷彿在罵：沈大哥，你亂嚼什麼舌頭，這麼熱鬧的場合，你搗什麼蛋？我不慌不忙地道：「大哥！你在我心中不是作家，而是智者。」一聽，臉色頓霽，瞧着我的眼睛，閃起光芒，心領神會，他同意了我的說法。

(五)

倪匡是智者，非我瞎說，有事實可據。倪匡棲居三藩市時，偶有通電話。某趟聊起金庸，告以查先生近日篤佛，鑽研佛經。倪匡哈哈三聲笑：「老查讀佛經，越讀越不通。」以為謔笑，嗣後深思，確有道理，佛經深，泥足陷，化簡為繁，自己難免也糊塗。倪匡七十後，健康不如前，遵友囑往看醫生。醫生見倪老爺子大駕光臨，診症特別用心，左按右壓，最後循循善誘，叮囑倪匡要注意飲食：什麼東西能吃，什麼東西絕不能沾，問可有恪守？倪匡仰天大笑：「小葉！醫生叫儂吃格，一定弗好吃，要儂弗好吃的，一定好吃！」至理名言。你可有享用過醫院的營養餐？淡而無味，食難下嚥，那有紅肉好吃！過了一陣子，又詣醫生，醫生要他減肥，不然有性命危險。倪匡瞇着小眼睛，賊嘻嘻地道：「醫生，我聽你話好不好？」醫生萬分高興，連聲說好，頑石點頭，喜不自勝。孰料倪匡接着問：「醫生醫生，我如果聽你的話，是不是不會死？」天下哪有不死的人，醫生如實以告「不會」。哈哈哈！倪匡三聲大笑，調皮地回答：「既然聽你話，也要死，那我何必要聽你的話！」醫生語塞，為之氣結。你以為倪匡跟醫生要賴？非也！想想：你聽話也死，不聽話也死，哪又何必聽，對嗎？再說減肥，醫生再三告誡倪先生不要再亂吃，這樣三高會飆升，嚴重影響健康。這回，倪匡一聽，肅然起立，敬禮鞠躬：「yes sir，我聽醫生話。」（老頑童真的聽話了，嘿！原來你也怕死的！）嘴裏客氣，這樣說：「倪先生，我是為你好呀！」倪匡一本正經地回說：「好吧！先吃完今晚，明天開始戒！」明天復明天，明天何其多，醫生氣得說不上話。

（六）

跟倪匡聊天，金句滿口，禪意、哲理並具。舉數例：「生病時，有錢好過無錢」、「錢非萬能，無錢萬萬不能」、「聽君一席話，勝追十年女」、「榮譽博士係一個侮辱」（哎喲！要死快哉！小葉終於茅塞頓開，金庸年逾八十苦讀博士，實緣於倪先生之言也。）細細咀嚼，諫果回甘。有人請教養生之道，倪匡回答簡單、直接：「想吃便吃，想睡就睡。」如今八十三歲的倪老爺子，日睡十六小時，剩下的八小時，分配如下：四小時上網，四小時吃飯、會友。老友金庸去世，有人要他說幾句，想也不想便說：「一流朋友，九流老闆。」（金庸必然修正：「一流老闆，一流朋友。」胸襟寬廣嘛，哪會說出口！）有人罵他金庸去世，毫不哀傷，理直氣壯回說：「人人都要死，死是必然的事。他九十幾歲死，怎會難過？十九歲死，我就話難過啫！」灑落、坦率、靈慧，毋負智者之名。

（七）

天冷，檐前掛雨滴，籠室理故物，舊書裏，掉下一頁霉黃周刊剪報，正題——「倪匡：兩件神蹟使我信奉基督」，副題——「罪已滿戒煙成功復活節台灣洗禮」時維八六年三月，距今三十四年整。剪報附倪匡照片，身形瘦削，神朗氣清，今則肥胖豐腴，舉步維艱，判若兩人。因而有感不論男女，都老不得也。年輕時，倪匡是俊俏兒郎，到中年，紳士風度，男人味兒，誰會想到老了，變成團團不倒翁？幸而天生的詼諧幽默，機智精靈猶存八分，衛斯理倪匡仍然是眾人偶像、開心果。

倪匡中年時，好酒無量，嗜色膽小。先說前者，誰都知道倪匡酗酒，無酒不歡，惟酒量一般，不僅難敵古龍，一般劉伶也遠勝於彼。

然而天生酒膽，苦苦纏人鬥酒，XO、藍帶，骨碌骨碌吞，肆無忌憚，人皆怕之。於是咧嘴笑，狀至得意，只是苦了回家途上，酒液胃中翻騰，一到家門，箭步直竄洗手間，捧着馬桶，嘔吐大作，最終滿傾黃膽水方止。以為下趟學乖矣，狂飲如故。鎮海硬漢「唔服燒賣」，撇嘴說：「吹咩！我使怕你廣東佬？」問酒量若何？當在半瓶XO，逾之，狂態畢露，語出驚人，英語、法蘭西語衝口而出，男士鼓掌，女士臉紅。此時最好莫要跟他對着幹，大哥唄！放他一馬吧！天下男兒多好色，你、我、倪匡自不免，惟好色不下流。宴會凡有女賓列席，尊重女性，例必讚美不住，見台灣姑娘：「陳小姐，你生得好漂亮喔。」遇上上海小姐：「李小姐，儂迭隻手生得好看！」碰到洋妞又如何？英語有限公司呀！不礙事，小葉，聽着！「Hi，Beautiful！」一言勝萬語。哪到底誰較漂亮？說陳小姐臉蛋完兒美，李小姐素手細巧，洋妞僅一字發言，只消細細咀嚼，高下已分。有一回座上有個相貌平庸的廣東婦，我存心促狹，要倪匡發讚語。好個倪匡，長於肆應，不慌不忙說：

「佢屁股豐滿，有福！」天啊！一個平凡過平凡的女人，也教倪匡誇上優點，大佬，你服未？小葉五體投地，佩服至今。

（八）

酒乃穿腸藥，倪太一早勸喻倪匡戒酒，借了聾子耳朵，不止忠言不納，愈喝愈多。八五年夏日，大汗淋漓，我在倪匡書房享冷氣，看書。倪匡伏案，忽地喊：「小葉，我戒煙了！」問為啥戒？鬼頭鬼腦，放下筆：「你猜！」（你心思如許多，怎猜得了？）小葉不猜，舉手投降。倪先生開古：「有位先生叫我戒，這個人我不能反抗。」復治稿。嘩！賣關子，吊胃口。我知倪匡素性，求他，必閉口不言，索性不問，又會自動開腔。果然未幾放下原子筆：「小葉，大哥跟你說個故事，你信不信？」點頭應諾。「有一天，我睡在床上，迷迷糊糊，忽然一把嗓音鑽入耳朵：『你不用抽煙了，你的罪已滿了！』」「誰對你說了？」

「笨蛋，那是耶穌啊！」倪匡怪叫起來。我納罕：抽煙喝酒，我們視為享受，原來在耶穌心中，這是對人類的懲罰。倪匡是老槍，十六歲開始吸煙，到戒煙前已抽了三十多年。我跟他相交，聊天喝酒，香煙一根接一根，從不間斷。一天要抽幾包？倪匡賊脾氣又來了，賣關子：「你猜？」我回道：「三包吧？」「嘿，五包！」倪匡豎起五根指頭。他抽總督，由頭到尾都咁好味。我非老槍，也抽，抽健牌。倪匡不屑地說：「健牌是女人煙，男人抽，娘娘腔！」分明當小葉是女人了？一日四包，肺不燻壞才怪。可幸聽了耶穌的指引，方能長壽。

（九）

深韙耶穌言，倪匡半根不抽。三藩市回歸，酒依然喝，只是減量，應酬應酬。倪匡數年前宣佈寫作配額用光不再寫，酒則例外，配額仍存三十巴仙，晚酌一小杯，心臟健康。八六年三月飛赴台灣，身陷水池，牧師施受浸儀式。自此煙全戒、酒半戒，有記者留難：「大哥！色戒乎？」倪匡神閒氣定：「我不會主動找她們，她們找我，沒法子！」記者啞然。目下，毅然棄筆滅色，栖真斗室，倪老半閒雲半閒。錢不賺了，看誰接班？

（十）

冷雨霏霏的七月三日週一午後四時廿分，香港資深電影人吳思遠傳訊説：「傳倪匡過身了！」嚇了大跳，忙問消息何來，可靠否？答曰：「有朋友為倪家做事説的，我不敢肯定。」叮囑我好好的查一下。我立即電施仁毅，這幾年，他們夫婦倆一直照顧倪匡夫婦，施太更認了倪太為誼母，是名副其實的母女，關係密切，自是知情人。電訊傳過去，沒回音，留口訊，也不獲覆。轉電倪匡，去了留言，頓時咯噔一聲，不妙不妙！

想起住在山上的金庸太太，傳訊探問，回道不知情，未聽說過。金庸逝世後，兩家少往來，那只好麻煩遠在倫敦的作家陶傑，渠道眾多，消息靈通，金庸去世也是他轉告我的。一通電話掛過去，問是否真的？「百分之百真，前幾天我跟他作視頻，上氣不接下氣，我心老大不安。」問何時去世的？「今天下午在療養院走的。」後來才知道是指黃竹坑南朗癌症康復中心，那地方是專事服侍癌症末期病人。再問是什麼病，則語焉不詳。

掛上電話，我在臉書上寫著：「倪大哥下午走了」，聊表悼念。不料犯下大錯，傳媒電話如浪潮般湧來，異口同聲問倪先生怎樣了，真的走了嗎？很多人覺得倪匡去世非常突然，而我並無這種感覺。六月初，心血來潮，打電話給他，接聽後，問健康？聲音低沉無力：「小葉，我身體大壞，一天睡廿個小時也不夠！」睡廿個小時，一天，豈不是只剩下四小時了？前兩年，他曾告訴我將一天廿四小時，劃分為三節，每節八小時，八小時睡覺，八小時看報、讀書、講電話，八小時三

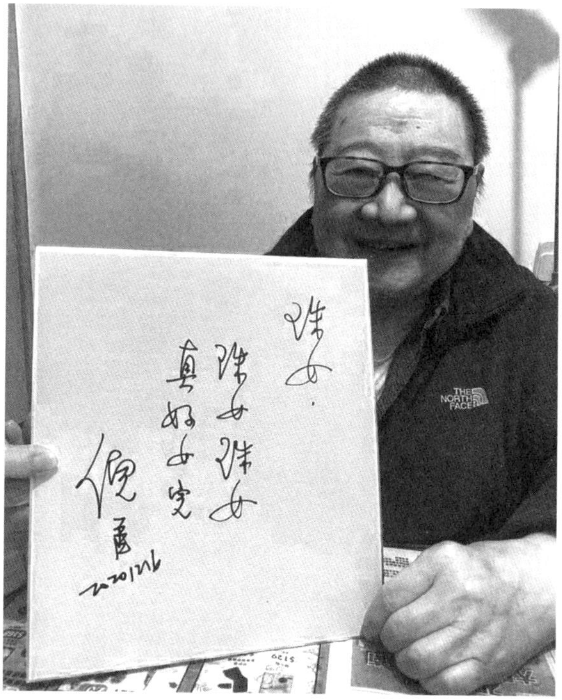

倪匡寫給鍾愛誼女施太

施太與女兒和倪匡夫婦合照

餐進食、休憩。可現在睡足廿小時，剩下四個小時，吃飯、看書，這正說明體力大幅度下降。電話中不便多談，心有不祥感覺，只好說：「倪匡兄，你多保重。」掛了線，這也是我跟他最後一次通話。

倪匡九二年移民三藩市，行前一夜，倪匡夫婦、作家薛興國夫婦、我與妻子在北角雪園晚飯。飯後，倪匡夫婦乘的士回家，上車前向我遞了個眼色，我點頭表示明白，那件事我一直保密到他乘飛機離去。其後，薛興國離婚再婚，兩年前自殺身亡，我妻亦於四年前癌症去世，今日倪匡亦乘鶴西歸，世事殊不可測。

〇六年回流後，我只見過他兩面，第一次是金融界人士詹培忠設宴佳寧娜接風，座上有倪匡夫婦、《城市週刊》創辦人李文庸，我乘倪匡上洗手間時，向他說：「抱歉」，他擺手道：「小葉，我沒有問題，我跟倪太說說，放心！」終是沒了下文。第二趟相見，已是二〇一九年的書展，倪匡演講後，我走上台向他打招呼，一見到我，第一句話便是：「小葉呀，倪太今朝嘸沒（沒有）來，阿拉（我們）先來抱抱？」

相擁偎傍，友情在心裏流，豈料這卻是最後一面。

三年後聽到噩耗，我有點惘然不知所措，倪匡兄真的悄悄地走了，傳媒要我發表一點感受，實在說不出來，逼得緊，只說了：「像倪匡那樣的作家，日後怕不再有了！」寥寥幾句，勝過千言萬語。

（十一）

放下電話，呷了口熱騰騰咖啡，時光迅即倒流到七〇年初遇倪匡的情景，那年新都城酒樓開幕試菜，倪匡偕金庸出席，電影界老大哥方龍驤引見，知道我是上海人，高興莫名，拉著我的手說個不停。那時候倪匡的《女黑俠木蘭花》非常紅火，萬千讀者著迷。忍不住告訴他我就是《木蘭花》的校對，他打個哈哈：「小葉，原來阿拉神交已久！」說也奇怪，自此「小葉小葉」直喊到他去世，從來不叫過我「沈西城」。叮噹叮噹，快要開席，他拿起枱上一張小紙，用筆寫了幾行字交到我手上：「這是我家裏的地腳印，儂（你）有空來白相（玩玩）。」我一看，寫著──「銅鑼灣百德新街海威大廈二樓B座」。

我年少膽子大，過了幾天，真的打電話去要往拜訪，他熱烈歡迎。他家很大，三房兩廳，沒有書房，三房的分配，倪匡氏夫婦一間，大小姐倪穗佔一，二少爺倪震單泡（一個人）。他寫作的地方是在客廳，大書桌靠窗，面對兩個大櫃子，裏面擺滿貝殼，指著琳瑯滿目的貝殼，不住闡述。我是聽得一頭霧水，滿不是味兒，得想個法子讓他住口，於是說：「倪匡兄，嘴巴乾！」「好好好，不要喝汽水，吃老酒！」正合我心意，開酒櫃，拿下一瓶藍帶開了，兩個人，他坐書桌上，我倚沙發對飲，你一杯，我一杯，聊至夕陽西下尚未休。

（十二）

倪匡仙去後，他的科幻小說誰來繼承？我不才，補筆寫原振俠、

一九八九年倪匡在沈西城家中作客

羅開，狗尾續貂，不成一格，出版後，通通給我扔進垃圾桶，再不敢揭蓋。也有吃了豹子膽，勇者無懼如宇無名、譚劍等，前後寫了不少，能成器否？尚要待考。宇無名早逝，擔子落在譚劍身上，期他努力。倪匡走了後，香港科幻天地更顯空虛，難怪有人慟哭，有人涕泫。這大可不必，沒有科幻小說，非是末日來臨，咱們收拾殘心，面對將來，天上倪匡當所樂見。

關於小說寫法，倪匡生前也曾跟我說道過，夜雨霏霏，冷風蕭蕭，舉盞對飲，談及小說，倪匡始終認為：「只分兩種：好看和不好看。好看的小說非常簡單，定必要有豐富的情節、鮮活的人物，小說寫得不好看，裏面有再多的學問、道理、藝術價值，都沒有用。」我問他是否劍指台灣社會科幻小說，笑而不語，啜一口醇醪，強調一名作家的責任，是寫出讓讀者讀得廢寢忘餐的作品。引伸下去，就是不能把作品寫得沉悶呆滯，看得人頭暈腦脹。問：緣何衛斯理小說獨缺愛情元素？倪匡罕有地承認缺失：「我的小說中處理愛情不算高明，我覺得愛情故事實在太簡單了，難有什麼變化……科幻小說跟愛情小說不同，由於情節往往太過豐富，無法多費筆墨去描寫男女主角的感情衝突。」有點道理，但我不能完全認同。

倪匡是跟金庸並列的大作家，常有人問：「倪先生，如何成為一個小說家？」倪匡例必三聲哈哈笑，答案都一樣：「開始寫呀，即刻寫，不斷地寫，只要開始寫，就越寫越好！」（真的如斯簡單？I doubt it!）小子宇無名曾經問倪匡：「當今香港科幻作者，誰最有潛力能寫到閣下那樣的成績？」答案千篇一律：「寫得勤的，都很有潛力！」講了等於白講。很多人都說倪匡的字體難懂，我不認同，他的字寫得不錯，而且清晰。對此，倪匡說過：「許多人說看不懂我的字，有專人排我的字，這是虛構的。是那時候一份稿會剪開十多條，幾個人一起排，哪有專人負責？」倪匡謬矣！《明報》排字房領班陳東告我倪匡的字比較潦草，節省時間，他安排固定工友負責。莫非陳東打誑？

倪匡生前，八〇年代末吧，作家協會舉辦小說訓練班，黃仲鳴懇邀倪匡擔任講師。倪匡跟學生説：「每個人都想知道小説應該怎樣寫？其實寫小説容易得很，只要有大量沒意思的話。」學生起哄，他們想要聽的絕不是這些廢話，而是胡菊人那樣條分縷析的理論。倪匡三言兩語，簡簡單單，豈能滿足學生的求知慾？大喝倒采，必然。倪匡曾訂三條寫小説方式：「頭好、中廢、尾精。」有人指出倪匡小説結尾多不精采，好個倪匡，不慌不忙回答：「只賣數十元的一本書還苛求什麼？我寫稿並非文藝創作，只是為了滿足副刊的需要。」不看白不看！寫小説，倪匡，從不打腹稿，不過開始之前，大約的情節總是有的，到正式寫作時，起了變動，甚至會變得面目全非，一九六九年的《湖水》，開始時，打算寫一個「鬼上身」的故事，「後來這種想法不能為當時社會所接受」，硬將故事説成人為，扭扭捏捏，不倫不類，倪匡耿耿於懷。相隔十年寫了《木炭》，承認有鬼魂的存在，彌補此憾。

提到科幻小説，不少人厚外國、薄中國，説中國科幻小説少，是由於缺乏想像力。倪匡義憤填膺，罵道：「見你媽的鬼，中國人的想像力一向很豐富，你看《山海經》、《淮南子》等古書，其實就是想像類型的科幻書，後世中國科幻小說不多，主要是中國人不重視科學。既不重視、自然不講求證據與推理，科幻小說也就難生存。」我插嘴：「正因如此，中國的推理小說昌盛不起來，無法追近日本。」倪匡說了聲「yes!」，同意小葉說法。我在東京時，接觸過松本清張、三好徹、伴野朗等大家，通過相談，得一結論：「日本作家心思慎密，講求條理，松本清張當年寫《點與線》，跑遍東京都內的電車路線，取其時間差，方能貢獻出名震文壇的傑作。」香港作家焉肯如此，不說主流，推理小說連二流都不及！古稀後，某天，倪匡坐在桌前，握管久不能出一字，以為一時偶然，翌日、大後日，亦復如是。彩筆飛走，到了頑童倪匡口裏，變成：「寫作配額用光了。」倪匡最後一部衛斯理是《只限老友》（我是他小弟，不能不看。），可不完整的、真正最後的小說作品，是替梁鳳儀的《我們的故事》所寫的第一章內容，僅三句話——「一九四九年，中華人民共和國成立。梁鳳儀在香港出生。哈哈哈哈！」

（十三）

二〇二二年陽曆七月三日午間（農曆六月初四日）衛斯理捨棄地球生活，出發赴星際，去了哪個星球？我們地球人皆不知道，我猜想：按他性子，必四處漫遊，今夕月球，明日火星，後天木星……隨心所欲，逍遙快活，倪匡兄，小葉妒忌你！

補註：此章文字偶有重疊之處，原因在於發表日期不同，輯入本書時，保存原意，不作修正，見諒！

西城　識

算作跋

公元一九三五年五月三十日中午十二時三十七分，衛斯理從星際某個行星，降落地球，開始散播科幻小說種子。

公元二〇二二年七月三日日間，任務完成，奉召飛回星際。從此，遊弋各星球，行蹤不明。

西城寫於某光年

星球頑童：倪匡傳奇

作　　者：沈西城
責任編輯：Rita Lin　黎漢傑
校　　對：司徒仲賢　江晉豪　符鈺婉　黃穎晞
文字輸入：莫育文
法律顧問：陳煦堂 律師

製　　作：初文出版社有限公司
出　　版：銀匯有限公司

印　　刷：陽光印刷製本廠

發　　行：香港聯合書刊物流有限公司
香港新界荃灣德士古道 220-248 號
荃灣工業中心 16 樓
電話 (852) 2150-2100　傳真 (852) 2407-3062

版　　次：2022 年 8 月初版
國際書號：978-988-78095-8-6
定　　價：港幣 128 元

Published and printed in Hong Kong

香港印刷及出版